稼《かせ》がない男。

西園寺マキエ
Saionji Makie

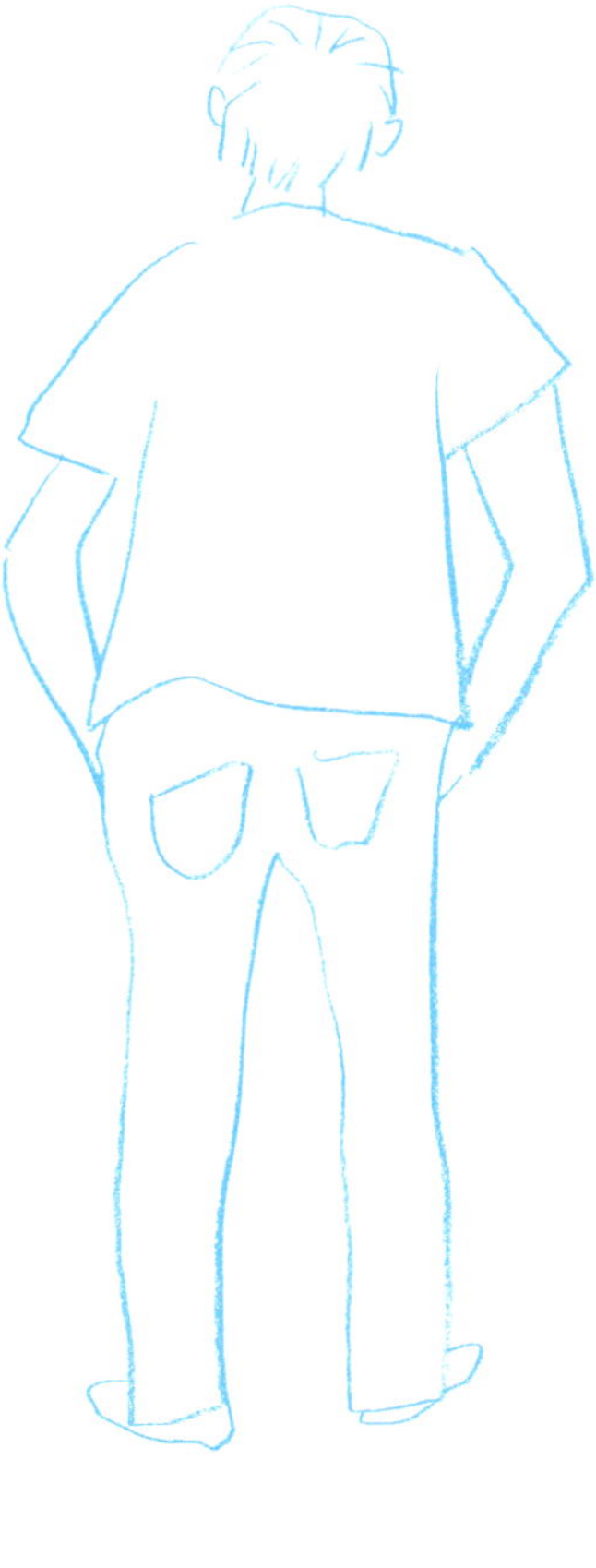

同文舘出版

はじめに　稼がない男。では、ダメなのか？

私の彼氏は、今年で48歳になる正真正銘の中高年フリーターだ。1日約6時間、週に5日働いて、給料は月に手取りで約11万円。年収にして150万円に満たない。

彼は、大学を卒業後、一度は正社員として有名企業に就職したものの約1年で辞めてしまい、それからずっと、フリーターで生計を立ててきた。要するに、自らフリーターの道を選んだ男なのだ。彼はいま現在、確かにビンボーで金に不自由することはあるものの、なんだかんだ言って、けっこう楽しそうに日々を過ごしている。

そんなフリーターの彼と私がつきあい始めたのは、お互いが31歳のとき。以来、就職する気も、結婚する気も、同棲する気もない彼と、私は17年もつきあい続けてきた。

ひとつ断っておくと、私は「結婚なんてしなくてもいい」と思っているタイプの女ではなかったし、「男なんて私が養ってあげるわよ」というタイプの女でも、「どんな貧乏でも愛さえあれば耐えてみせます」というタイプの女でもない。

普通で考えたら、そんなカップルが長続きするはずがない。自分だって、30代の頃は、そう思っていた。だけど、予想に反して、どういうわけか私たちの関係は長く続き、それどころか、最近は「私たちって、けっこう幸せかもしれない」と、思うことが多くなってきた。

「そんなわけがない」「強がってるだけじゃないの?」「ただのアホなのか?」と、言いたくなる気持ちもよくわかる。でも、だからこそ私は、フリーターの彼がいままでどうやって生きてきたのか、そんな彼と私はどうやってつきあってきたのかを、フリーランスで働く私の立場から、書いてみようと思ったのだ。

そしてまた、私の身近に生きる人々の生き方も、一緒に書かせてもらいたいと思った。非正規雇用同士だけれど子供を3人育てている夫婦や、決して残業代をつけない公務員、上司とけんかしても自分を貫いて職場を辞めた研究者、自分の子供が成績うんぬんよりも友達とちゃんとけんかしたり仲直りしたりできる人間に育ってほしいと願っている母親など、私のまわりには、稼ぎに関係なく、素敵な人生を送っている人がいろいろいたからだ。

というわけで、ここに書かれていることは、基本的に事実である。登場する人々や団体のプライバシーを考えてプロフィールやシチュエーションを変えたり、物語としてわかりやすく読んでもらえるように話をまとめたりした部分はあるけれど、あくまでもリアルな物語である。こんな生き方もあるのかと興味を持ってもらえたら、うれしい。

西園寺マキエ

稼がない男。

目次

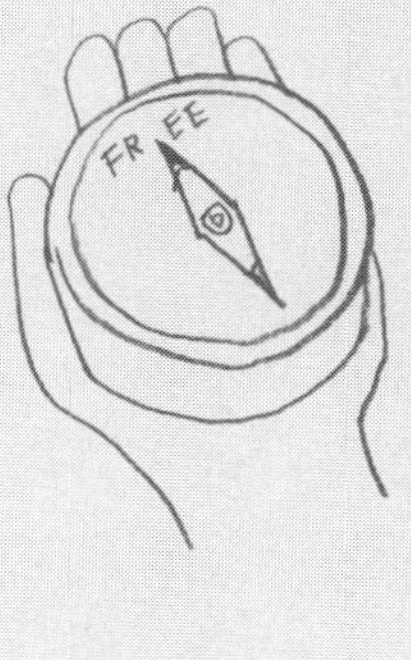

3章

仕事と夢と、オレの生きざま

4章

老いていく親と家と、お金の問題

5章

〝幸せ〟は、どこにある!?

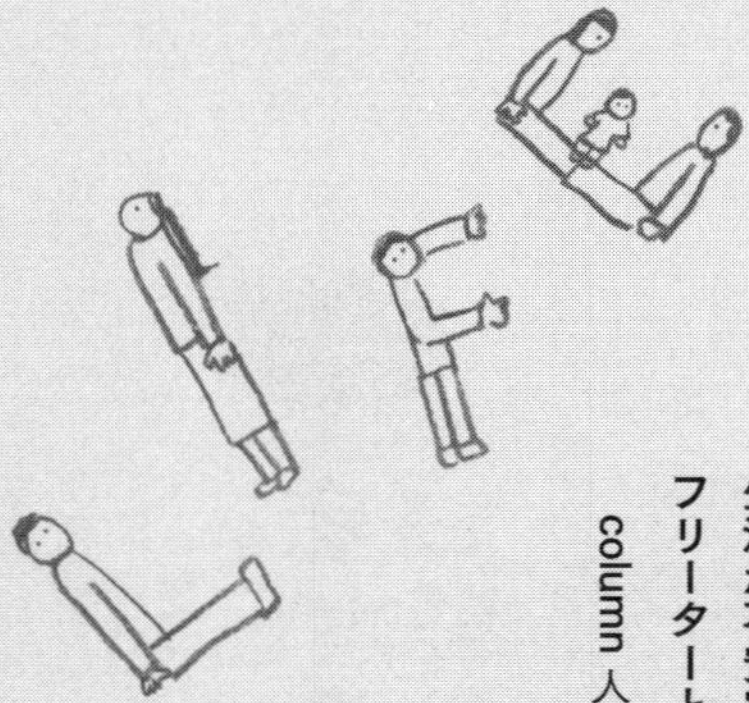

ブックデザイン　ホリウチミホ(ニクスインク)
イラスト　須山奈津希(ぽるか)

1章

フリーター&フリーライターのカップル誕生

最低賃金男、〝ナマポ〟に怒る

夜、10時半近くなると、私はほぼ毎晩、玄関ドアの鍵を開ける。間もなく、仕事を終えたヨシオが、我が家にやって来るからだ。ヨシオのアパートは歩いて約20分。自転車なら10分もかからないところにある。

今夜も、夜の9時半に遅番の仕事を終えたヨシオは、自転車に乗って、私の部屋へ一杯飲みにやって来た。家の呼び鈴は押さず、玄関のすぐ横にある私の部屋の外壁をコツコツとノックすると、そっと玄関ドアを開けて、私の部屋へ入ってくる。

「やっほー」

風呂上がりの私は、そんなヨシオを、寝間着姿で頭にタオルを巻いた状態で迎えた。

何年前からか、ヨシオが我が家にやってくる時間が遅くなるにつれて、呼び鈴は押さないことになった。私が今年で77歳になる母親とふたりで暮らしているからだ。毎晩、夜遅くにピンポ〜ンと、呼び鈴の大きな音を鳴らすのはどうにも気が引ける。以前は、外壁のノックを合図に私が玄関に出向いてカギを開けに行っていたけれど、いまではそれもしなくなった。要するに私が家にいる間、ヨシオは自由に我が家に入れる存在なのだ。いつも奥の部屋にいる母親もそれを承知しているし、彼女はたまにトイレの前でヨシオと顔を合わせると、「あ～、どうも～」などと、挨拶をしている。

ヨシオは私の部屋に入ってくると、さっそく置き酒のどでかいペットボトルに入った安いウイスキーに手を伸ばし、きっかり200ミリリットルだけ小瓶に移すと、閉店間際のスーパーで買ってきた50パーセントオフのサンドイッチと、母が「ヨシオ君も、夜、食べるでしょ」と総菜屋で買って来てくれたクリームコロッケをつまみに、晩酌を始めた。

「聞いて聞いて！　いやー、平成24年度から、オレ、社会保険完備になっちゃったよ～」

野口ヨシオ、47歳。5、6年前から、とある公共団体が運営する運動場で、監視員のアルバイトをして暮らしている、正真正銘の〝中高年フリーター〟だ。彼はリュックからいくつも書類を取り出しながら、話し始めた。

「週5日バイトに出ることになったおかげでさ、ここに書いてある『1週間の労働時間が正社員の4分の3以上、かつ、1ヶ月の労働日数が正社員の4分の3以上』っていう社会保険加入条件をクリアしちゃったわけよ」

「おおーっ！　ついに国保生活からおサラバですか！　しかも公共の仕事だから、ま、まさか夢の共済組合員？　あの、もっとも保険料が安くて手厚い保護が受けられるという……」

「ブッブー。うちは財団法人で公務員じゃないから、みんな共済には入れないんだってさ。しかも、聞くところによると、たとえ区役所でバイトしてても臨時職員は共済には入れないらしいよ」

それを聞いて、私は思わず吐き捨てるようにつぶやいた。

「ふーん、やっぱりね。共済組合員って、まるでローマ時代の貴族だよな。自分たちだけはいつでも特別ってわけね。感じわるーい」

公務員を妬んで卑屈になる私をよそに、ヨシオはニコニコと説明を続ける。

「うちの財団法人の人は、みんな『協会けんぽ』に入るんだって。日本の中小企業の多くがここの会員らしいよ。そりゃ、共済にはかなわないだろうけど、これからは健康保険も年金も、支払いの半額を職場が出してくれるんだから、おトクになること間違いナシ！」

確かに、それはその通りだ。ヨシオが給与明細を取り出して、数字を見ながら続けた。

「ええと……実際、毎月の健康保険料は、国保の約9000円から2000円近く安くなったし、年金だって、厚生年金が上乗せされているにもかかわらず、掛け金が月約1万5000円から、約1万円に減ったんだぜ！　その上、厚生年金にも加入ってことは、年とってからもらうお金も増えるってことだよね？　ね？　ね？」

「うーん、まあ、そうだけど……厚生年金の加入が47歳からだし、収入が安い分掛け金も安いから、いまから積み立ててもたいして増えないんじゃないかな……」

「そうなの～？　でもいいや、少しでも増えるんなら」

ヨシオはすっかりご機嫌だ。社会保険対象者になって、ほかの福利厚生なんかも受けられるようになったらしい。写真がいっぱい載った福利厚生のガイドブックをパラパラめくりながら、あれが安い、これも安いと、ページの端を折ったりなんかしている。

「しかもさ、オレ、『野口さんには、今年から監視員の統括をやっていただきます』って頼まれちゃったんだよ」

ヨシオの職場で監視員の仕事をしているのは、基本、全員アルバイトだ。雇い主サイドは、もっとも古株で、しかも仕事は真面目にこなすヨシオに統括役をやらせようと考えたのだろう。ヨシオはほかの監視員の仕事上の相談に乗ったり、新人の面倒を見たり、現場に問題があれば上に報告するといった責任を与えられたらしい。私は反射的に、言った。

「へーっ！　じゃあ、時給も上がったんだ！」

「ううん、それは、そのままなの」

なんじゃそれは。いいように仕事を押しつけられただけではないか。憤慨する私を横目に、ヨシオは相変わらずお人好しだった。

「お願いしますって頼られたらさ、オレはイヤとは言えない性格なのよ。まあ、そのうち時給上がるかもって言われたし」

本当かよ！　いいように利用されるだけではないのか？　私はムシャクシャしてきた。

「でさあ、結局、ヨシオって、いまいくらもらってるんだっけ？」

「ええとー、確か、東京都の最低賃金とあんまり変わらなくって、時給900円だったかな。それで、1日実働7時間で、6300円。かける20日で……月に12万6000円ってところかな。そこから所得税約2000円、健康保険約7000円と、厚生年金が1万円、雇用保険が700円ほど引かれて……ええとっ……手取りで、まあ、だいたい11万円ってとこか」

ヨシオはポケットからPHSを取り出して、電卓画面で計算しながら言った。私は薄々わかっていたとはいえ、現実的な数字を見せつけられ、胸がザワザワしてきた。確か、30代の頃、いいときは手取りで月15万は稼いでいたはずだ。仕事が変わっているから単純に比較できないけれど、年齢が上がっているのに、収入は確実に下がっている。非正規雇用労働者の悲しい現実がそこにあった。

「ヨシオの家賃、4万5000円でしょ、ほかに毎月必ずかかるお金、なにがあるの？」

私はヨシオの手からPHSを取り、電卓画面で11万から4万5000を引いて、聞いた。

「だいたいだけど、電気水道光熱費が月に5000円、固定電話、PHS、インターネット通信、NHKこれら全部で約1万、都民共済の医療保険が月2000円、あと、住民税は自分で払ってるから月3000円。実家のお袋に5000円渡して、それらを全部引くと残りは……」

「よ、4万円なのね……」

「うーん、そんなもんかな。それから、家賃の更新料の積み立てが月2000円、壊れたときのための家電貯金2000円と自転車貯金が1000円、マキエとの旅行貯金が2000円、それを全部引くと、残りは3万3000円かな。んで、食費とか必要な雑貨のお金とか引くと、本当に自由になるお金は、毎月2万ってとこかな〜。だから、歯医者行ったり、皮膚科行ったりするとキツいんだよね〜。だから、もう、床屋なんか10年以上行ってないぜ！」

「ひぃぃぃぃぃぃぃぃぃぃ〜」

わかっていたはずの事実とはいえ、私は思わず悲鳴を上げ、耳をふさいでみせた。それでも、ヨシオは余裕の笑顔で続ける。

「あ、そんなオレでも、こないだウィキペディアに1000円寄付しちゃった。あんなに使わせてもらってるんだもん、見過ごすわけにはいかないよねっ」

「それはエライとは思うけど……でも、寄付って、自分の生活がギリギリの人がやることじゃないんじゃないの？」

私は口では「エライ」と言ったものの、腹の中では呆れていた。

「確かにギリギリだけどさ、この仕事、けっこう楽しくやってられるぜ。まあ、時給は安いけど、なんたってラクだもん。会社勤めとかのストレスに比べたら、ぜんぜんたいしたことないよ。そりゃ、マキはこの稼ぎじゃ不安になっちゃうかもしんないけどさ……」

私はわざとらしく思い切り作り笑いをして、ヨシオを見た。ヨシオもそんな私を見て、ニカッと笑った。話はそれで終わってしまった。

それからしばらくふたりでテレビを眺めていたら、報道バラエティ番組が始まった。すると、ヨシオが突然、ぷりぷりと怒り出した。

「ひでーよなー、ああいうの見てると、むなくそ悪くなってくる」

ヨシオが怒っているのは生活保護不正受給のことだった。ここ二、三日、テレビは、お笑い芸人の母親が生保を受給している話題で盛り上がっている。映し出されたフリップによれば、ひとり暮らしで13万円ぐらいもらえるらしい。それだけならまだしも、支給費用以外にも、いろいろと恩恵が取りそろえられていた。ヨシオと直接関係のあるものだけでも、住民税、水道料金、ＮＨＫはすべて免除。医療費も都営交通費もかからない。家に風呂がなければ公衆浴場利用券も与えられる。そのほか、都営住宅の保証金や共益費など、まだいろいろあるという。

「だってよ、真面目に毎日アルバイトしたってこんなに稼げないでしょ。生活保護で食ってた方がいいに決まってるって」

テレビでは、声と顔を加工された中年のオヤジが、へらへらインタビューに応えていた。ヨシオの顔つきが、みるみる険しくなっていく。

「本当に必要な人がいるのはわかってるよ。だけど、こいつみたいなのにあんなに金渡すんだったら、もっと基準を厳しくしてちゃんとチェックしてくれよって。最低賃金でもすげーがんばって真面目に生活している人だっているんだから」

ヨシオは、少ない稼ぎでも、真面目に楽しく生きていることに、自分なりに誇りを持っていた。それだけに、ズルして不真面目に生きる人間のことを軽蔑していた。

ヨシオにとって年収の多い少ないは、人間の価値とはまるで関係がないのだ。だから、自分が47歳の中高年フリーターだろうが、年収１５０万だろうが、それはまったく恥ずべきことでもなんでもなかった。

そんなヨシオと15年以上つきあってきた私も、今年で47歳。ふたりそろって中年ど真ん中だ。

実際には、30歳からフリーライターとして働いてきた私の方が、ヨシオ以上に危うい立場に生きているといえるかもしれない。自由業だから、自分で稼げなくなったら収入の道は明日にも断たれる。社会保険は国民健康保険に国民年金だけで、雇用保険も労災保険も、当然、有給休暇も退職金もナシ。実家にいるから住む場所には困らないように見えるかもしれないけれど、実家は実家で数千万円というどでかいローンを抱えていて、決して油断はできない状況なのだ。

まあ、詳しいことはさて置き、これから、野口ヨシオと西園寺マキエという中年男女ふたりが、フリーターとフリーライターという実に危うい立場のまま、結婚もせずに15年以上つきあい続けてきたという事実について、書いてみようと思う。

いまとなっては、世間のはみ出しモノ、マイノリティ、負け組、ナマケモノ……と呼ばれる私たちだけれど、そもそもふたりとも、最初は上場企業で正社員として働いていたのだ。いったいなぜ、私たちは、フリーターとフリーライターという立場になったのか？

まずは、ヨシオの経緯から、のぞいてみよう。

優等生が、中高年フリーターになったワケ

野口ヨシオは、昭和40年、新宿区にある水道工事業者の家に、次男坊として生まれた。工事業者といっても、自宅の1階を改造した事務所で、お父さんが社長、お母さんが副社長、さらに従業員がひとりという小さな会社だった。実際の作業のほとんどは別の会社の職人さんたちにやってもらう、いわば手配業みたいなかたちだったらしい。ヨシオの記憶によれば、彼が小学校の半ばから高校生の頃までは、けっこう儲かっていたという。

だからヨシオは、小学生のうちにアフリカやアメリカに旅行に行ったことがある、当時にしては、まずまずお金持ちのところの息子だった。

彼は子供の頃から勉強がとてもよくできた。特に国語は、小学校6年生のときに受けた模試で全国1位になったこともあったという。このため、ヨシオは早稲田と慶応を中学受験した。だが、まわりから合格確実と言われながらも、なぜか2校とも不合格に終わる。そして結局、新宿区の区立中学に入学することになった。

私とヨシオが最初に出会ったのは、その中学校だった。1年生で同じクラスになって、

2学期だか3学期には、ふたりで学級委員をやった。当時、かなり成績のいい子として知られていたヨシオは、髪の毛はぴちっとした七三にし、黒い革靴をいつもピカピカに磨いている優等生で、中学2年のときは生徒会長もやっていた。そんなヨシオのことが、私はどちらかといえば苦手で、当時はあまり親しくなかった。

やがて、私たちは高校に進学したが、偶然にも、私とヨシオは同じ都立高校になり、しかも1年では同じクラスになった。

当時の都立高校受験は「学校群制度」というやつで、受験生は自分のレベルに合わせて、21群、22群、23群といった「群」を志望する。各群には2、3校が割り当てられていて、志望の群に合格しても、その群の中のどの学校に決まるかは、合格発表を見るまでわからないという変なシステムになっていた。だから、私とヨシオが同じ高校の同じクラスになるというのは、なかなか奇跡的なことだった。

高校に入ると、ヨシオはいわゆる優等生という感じではなくなった。学校が突然強制的に始めた「学力テスト」という模擬試験に反対して、近所のデパートからもらってきた垂れ幕の裏側に「学力テスト、絶対反対!」というスローガンを書いて屋上から垂らし、教師陣ともめたりしたこともあった。

ちなみに私の方は、高校に入るとすっかり〝落ちこぼれ〟になった。成績はいつもクラスで下から5番以内。軽音楽同好会に入ってバンド活動にうつつを抜かし、しょっちゅう授業をさぼって、学校の近くにあったウェンディーズにいりびたった。

そんな高校生活を送った私がたいした大学に入れるわけもなく、かといって、浪人する気は本人にも親にもさらさらなく、3年後、なんということはない、私立の女子大に入学した。そこで4年間を過ごすと、ただの流れで単位を取得し、ただの流れで学校を卒業し、ただの流れで就職することになる。

一方、ヨシオの方は、流されるままに学生生活を終えた私に比べると、ずっと充実した学生生活を送った。ここから先は、高校卒業以来ほとんど会っていなかったヨシオと27歳を過ぎた頃に再会したあと、本人から聞いた話だ。

ヨシオも高校の間はあまり勉強していなかったが、最後のラストスパートで、なんとか早稲田大学の第二文学部に現役合格した。第二文学部はいまはなくなってしまったけれど、いわば、夜学である。

あの時代、大学へ進学する男子は浪人するのが当たり前だったが、彼が現役合格にこだわったのには、理由があった。当時羽振りの良かった野口家の両親が、「現役で大学に入ったら、アメリカに1年留学させてやる」と、約束してくれたからだ。

こうして彼は、大学2年の途中から、ニューヨークの私立大学に留学し、もともと得意だった美術の勉強を本格的に始めた。そして1年経つ頃、現地の有名美術大学への編入を思い立ち、親にさらに1年の留学を願い出る。編入試験には見事合格、翌年度から、美大の学生寮で毎日絵を描く日々を送ることになった。

美大では優秀な成績を修めていたらしいが、「必要なことは学んだ」と、きっかり1年で日本に帰国。元々在籍していた文学部に戻ると、1年留年して「東京方言にみられる現代外来語のアクセントにおける考察」なんて卒論を書き上げ、同期入学生から3年遅れて、早稲田大学を卒業した。なんでもこの卒論は教授たちから絶賛されたそうだが、実際どんな内容だったのか、私はいまだによくわからない。

さて、留学経験のお陰で英語ができて成績も良かったヨシオは、大学を卒業すると某有名広告代理店に入社する。それは私の就職から遅れること3年。バブル絶頂期の平成3年（1991）のことだった。

ところがヨシオは、1年も経たないうちにサッサと会社を辞めてしまうのだ。

もともと彼はCM制作に興味があって、それで広告代理店を目指して就職活動をした。だが、入社後、実際に働き始めてみると、「会社で働くということは、とどのつまり、自分たちの利潤を追求することにほかならない」ということがわかって、どうしても耐えられなくなってしまったという。そのときの気持ちをヨシオはこんな風に話していた。

「たとえば、最初にデザイナーに50万円支払うことになると思っていた仕事が、結果的に40万で済んだとする。そんなとき、会社はクライアントからなにか言われない限り、自分たちからは決して値下げなんかしない。差額の10万円は、あくまでも自分たちの儲けに上乗せする。そういう考え方に、いちいち耐えられなかったわけ。つまりオレは、金を稼ぐことに、どうしても罪悪感があるんだ」

さらに、こんなエピソードもある。それは、新幹線で出張する際、上司からホームに並んで席取りを頼まれたときの話だ。

「朝早く行って並ぶのはいいんだよ。だけど、オレ1人で5人分の席を取れって言うんだ。2人分ぐらいだったらまあ、許されるかもしれないけれど、並んでるのが1人なのに、5人分の席を取るのは迷惑でしょ。ほかの人たちだって、早く来てちゃんと並んでるんだからさ」

物事をそんな風に真面目に考えていたら、その広告代理店はもちろん、一般的な民間企業では、まず働けないに決まっている。つまり、ヨシオはそのとき、単にその広告代理店を辞めただけではなく、〝会社勤め〟という生き方そのものを、すっぱりやめてしまったのだ。

と同時に、「こんなことをして暮らすなら、オレはむしろ絵を描くべきだ」と思ったという。そして両親に、「オレは会社というところで働くのは性に合いませんので、会社を辞めて、絵を描いて暮らすことにします」と宣言すると、これが、すんなり受け入れられてしまう。

ちなみに、この「絵を描いて暮らす」というのは、職業としての絵描きになって金を儲けるということではなかったらしい。平たく言えば、実家で食わせてもらいながら、絵を描いて暮らす、ということだ。そういえば、何年か前の芥川賞をとった作家に、長年、母親に食わせてもらいながら家で小説を書き続けていた人がいたと思うけど、それに近い生き方を指していたことになる。

会社を辞めたヨシオは、雇用保険の給付を受けようなんて姑息なことは一切考えず、しばらくの間、毎日絵を描いて暮らしていたという。その頃描いた彼の作品は、いまもヨシオの部屋の押し入れの中にたくさん眠っている。

だが、やがてヨシオが絵を描く枚数は減っていく。さすがに親に小遣いまでもらうわけにはいかないと感じて、肉体労働系のアルバイトを始めたのが、直接のきっかけだった。

仕事に出ると精神的にも肉体的にもエネルギーが奪われてしまい、絵を描く時間もパワーも足りなくなってしまったという。

それから現在に至るまで、何度か仕事が変わったものの、彼はずっとアルバイトだけで暮らしてきた。以前は親と一緒に実家に住んでいたけれど、32歳からは6畳の風呂無しアパートを借りて、ひとりで暮らしている。

その後もずっと、ヨシオは時間ができるとときどき絵も描いているが、油絵の作品数は1年に1、2枚あるかないか。ヨシオはそんな自分のことを、「寡作の人」と呼んでいる。

いま現在も、ヨシオは、金を稼ぐことについて、異常な拒否反応を示す男だ。私はつい最近、そのことについて彼に聞いてみた。

「ヨシオはさ、なんでそんなにお金を稼ぐことに罪悪感があるのかな？」

「家業が工事の手配で儲けていたから、それが中間搾取のような気がしてイヤだったからかもしれない。でも、そうじゃない気もする。正直、よくわからないな。いずれにせよ、誰かが儲かるってことは、どこかで誰かが儲からなくなってるわけさ。それに、オレ、めいっぱい働くの嫌いだし。だははは」

「お金がもっとあった方がいいとは思わない？」

「思わないね。そりゃあ、宝くじかなんかが当たって大金が舞い込んだら、それはそれでうれしいけどね。でも普通は、働くか、投資するかなんかしないと、金は儲かんないでしょ。オレ、これ以上働いてまで、もっと金がほしいとはぜんぜん思わない。金は生きていく上で必要最低限あればいいんだよ」

〝必要最低限〟というのが、一体いくらなのか。それは人によって全然違うだろう。まず、どんな暮らしをしたいかによるし、どこに住んでいるのか、家族はいるのかによって、大きく違ってくる。とりあえず、新宿区にある6畳風呂無しアパートでヨシオが暮らしていくには、月収12万が、彼の〝最低限〟というわけだ。私は質問を続けてみた。

「でもさ、いつもギリギリで大変そうじゃん」

「そりゃあね。でも、もう10年以上、年間収支でほとんど赤字出してないぜ。一応貯金も全部で100万はある」

「うーん、確かに、その稼ぎでよくやってるよね。それなりにみんなと遊んでるし」

「だろ！　毎日エクセルに収支を打ち込んで、バッチリ管理してるからね。そうやって、自分の生活をコントロールするのが好きなの、オレ」

ヨシオはちょっと得意げに笑った。

「じゃあさあ、ホームレスになるっていう線はないの？　その方が、最低限の収入がもっと安くて済むじゃん」

「まあねえ。でも、ホームレスは基本的にだめ。だって、結局はどこかでズルして生きている人が多いからね。たとえば、公園や公共の土地を勝手に占有してビニールテントを張ってるわけでしょ。公園の電気や水道を勝手に使ったりもしてるし。それに、自治体が集めてる缶を収集所から夜中にこっそり持っていったり。あれは泥棒と同じだろ」

もしも、「ホームレスもいいよな」とヨシオが言ったらどうしよう、さすがにそこまではついていけないと思っていた私は、内心ちょっとほっとしていた。

「要するにヨシオは、最低限必要なお金が普通の人より少ない。だから、普通の人ほど働かない。そういうことなわけね」

「うーん、まあ、そういうことかな。人がひとり、社会に迷惑かけずに生きるのに必要な分だけは自分で稼ぐ。それ以上は働かない」

私はヨシオの話を聞いて、なんだか納得してしまった。私とヨシオがこういう話をすると、以前はよく議論が紛糾《ふんきゅう》したが、年のせいか、最近は私が納得して終わることが多くなってきた。私は素直な感想をヨシオに伝えた。

「なるほどねえ。老後はどうするんだろうっていう疑問は残るけれど、とりあえず現段階は、それはそれでひとつの生き方かもね。ただし……」

私はこうつけ足した。

「一生独身の人にしかできない選択であることは間違いないけどね」

イヤミをかました私に向かって、ヨシオは元気な作り笑いで応酬してきた。

「あは、あははは」

この通り、ヨシオがフリーターになるまでの道のりは、案外あっさりしているけれど、私がフリーライターになるまでの道のりは、もうちょっと複雑だ。大学を卒業してから約8年の間に、大企業の正社員、派遣社員、零細企業や中小企業の正社員などを次々と体験し、結果的にフリーランスの道を選ぶことになるのだ。

〝目指せ！　寿退社〟のあの頃……

昭和62年（1987）。日本はバブル景気に突入し、日経平均株価は2万円を超えていた。大都市圏の地価は高騰、私が住んでいる新宿区の住宅街には地上げ屋が横行し、あらゆるものの物価が上がりまくっていた。国鉄がJRに生まれ変わり、伊丹十三監督の映画

『マルサの女』が大ヒットを飛ばしていたあの頃……。

大学4年生になった私は、将来のことなどほとんど真面目に考えていなかった。どうせあと数年で結婚して、専業主婦になると思い込んでいたのだ。ゆえに、「どこでもいいから、ラクしてさっさと就職先を決めてしまおう」と思い、叔父さんに一部上場の機械メーカーを紹介してもらった。いわゆる縁故採用だ。指定された日に履歴書を持って会社に面接に行ったら、その日のうちにあっさり合格の連絡があった。

当時の就職戦線は、学生の超売り手市場だった。大学生の家には、就職希望者募集の会社案内がいっぱい詰まった百科事典みたいに分厚いカタログがボンボン送られてきていたし、就職で苦労している学生は少なかった。「第一希望か第二希望に入れるかどうか」が問題で、「就職できるかどうか」で悩んでいた人なんていなかったのだ。

とにもかくにも、私は大学を卒業してその機械メーカーに就職した。

研修期間が終わって、私が配属されたのは「秘書課」だった。秘書課というと聞こえはいいが、そこは想像を絶するすごいところだった。なにがすごいって、なにもやることがないのだ。お茶くみ、ごみ捨て、お昼の手配、手紙の開封、コピー、電話番、以上。ヒマでヒマで、眠くてたまらなかった。

ただ、秘書課というだけあって、来客はバラエティに富んでいて面白かった。でかい会社の社長、銀行の副頭取、雑誌やテレビの取材……。さらには、〝バブルの申し子〟と呼ばれていた仕手筋《してすじ》、総会屋のオヤジ、東京地検特捜部が乗り込んで来たこともあったし、ヤクザの舎弟《しゃてい》が新巻鮭をかついで新年の挨拶に来たこともあった。

忙しい仕事も辛いけれど、ヒマな仕事というのも相当辛い。私は「このままここにいたら、確実にアホになる」と真剣に悩んだ。そして早くも入社から2年後、「会社、辞めちゃおうかな」と思い始めていた。

……と思っていたら、なんと、私が秘書課に合っていないと察してくれた当時の副社長が、トップダウンで広報課へ異動させてくれたのである。なんともラッキーな話だった。しかもそこには、社内報を作るという、文を書くのが得意な私にうってつけの仕事があった。

ところが、入社から4年目のこと。会社は仕手筋に株を買い占められ、バブル期特有の経済犯罪に巻き込まれて、あっという間にボロボロになってしまった。編集の仕事を覚えて楽しく働けたのも、わずか1年とちょっと。その挙げ句、信頼していた広報課の上司は、さっさと会社を辞めてしまう。

「ごめんね、マキちゃん。君も早く、足抜けした方がいいよ。まだ若いんだしさ、会社なんてほかにいくらでもあるから」

なんじゃそりゃーっ！　と思ったものの、確かに、いつ潰れるかわからない会社にこれ以上勤めていても、なにもいいことはない。辞めるなら早い方がいい。

こうして、私は会社を辞める決心を固めたのであった。

ちなみに、本格的な男女雇用機会均等法が施行されたのは、私が入社するわずか2年前のことだ。当時、普通の会社では、女性で出世する人などほとんどいなかった。

女子の就職事情は、短大卒が売れ筋で、四大卒はどちらかというと敬遠されていた。働く女子の側にしても、出世はできないけれど転勤もない、いわゆる「一般職」希望で就職活動をして、入社後は結婚までの4、5年会社に勤める「腰かけＯＬ」というのが、ごく普通だった。多くの女子たちが、なぜか漠然と、結婚さえすれば生きていけると思っていた。そういう時代だったのだ。

雇用機会均等法の影響もあって、働き続ける女がもてはやされる風潮もあるにはあったけれど、実際のところ、本気でキャリアを積みたいと考えている女性なんて少数派で、大多数は稼ぎのいい男とっとと結婚して専業主婦に落ち着きたいと思っていたと思う。

実際、結婚後にそのまま正社員で働く女性は少なかった。子供がいなくても、だ。結婚を機に会社を辞めて、契約社員やアルバイトになる人が多かった。妻が正社員でなくなると、確かに世帯としての収入は減るものの、夫が正社員として働いている限り、本当に生活が危うくなるケースなど、ほとんどなかった。

だから、当時、長年同じ会社に勤め続けている独身ＯＬは、「売れ残り」と陰口をたたかれ、ひじょーに肩身が狭かった。「お局様《つぼね》」という言葉が流行ったのも、たしかあの頃だ。うっかり「私、別に、当分結婚しなくてもいいの」なんて言おうものなら、確実に若い娘たちの嘲笑の的になった。だからこそ当時の女子たちは、「絶対に、ああはなりたくない！」と心に誓い、一日も早く結婚を決めようと躍起《やっき》になった。

そして、晴れて20代で結婚が決まった女子たちは、これみよがしに職場に婚約指輪をして来て（ダイヤの立爪リングの人もいた！　普通、職場にしてくるか！　そんなもん）、いそいそと退職予定を各部署に報告して回る。そして、いよいよ退職の日が来ると、社内を挨拶して練り歩き、段ボール箱いっぱいになった花束を抱えて、タクシーで会社をあとにするのだ。憧れの「寿退社」。それこそが、当時の多くの「腰かけＯＬ」の夢だった。かくいう私だって、もともとはそのつもりでいたのである。

ところがどっこい、人生は、そうそう思い通りにはならないもの――。

結婚を決められなかった私は、平成3年（1991）の冬、「寿」ではなく、ただの「退社」をすることにした。会社と話し合った結果、翌年の3月15日が退社日に決まった。入社から丸4年という、短い正社員人生だったことになる。

あのとき、正直言って、先のことはなにも考えていなかった。実際、まだ20代だったし、世の中は好景気で、「食うに困る状況」など、まったくイメージがわかなかった。

いま思えば、あれが、私が「普通の人生」から足を踏み外した最初の一歩だったのかもしれない。それからというもの、人生はどんどん予定外の方向へ、突き進んでいくのであった……。

よく考えてみれば、そんな私の〝予定外の人生〟は、広報課で働いていた平成3年頃から始まっていたのかもしれない。

平成3年といえば、〝バブル崩壊の年〟だ。そんな恐ろしい年に、サラリーマンだった父は、高騰した自宅の土地を担保に銀行から1億5000万を超える借金をし、家を5階建てのオフィスビルに建て替えることにした。それも自分で言い出したわけではなく、連日やって来る銀行から「1階から4階をオフィスとして貸し出せば、定年後は悠々自適な暮らしが送れる」と勧められ、その誘いにまんまと乗ってしまったのだった。

ところが――。

それは、私が会社を辞める約1ヶ月ほど前のことだった。ビルの建築が着々と進み、完成まであと4ヶ月に迫ったある晩、「家を建てると人が死ぬ」という迷信通り、その日まで普通に会社に通っていた父親が、心臓病で急死してしまったのである。

35年ローンという莫大な借金を置き去りにして父が逝ってしまった数ヶ月後、我が家のビルはむなしく完成した。こうして、働いたことなど一度もない専業主婦の母と、まだ社会経験の乏しい小娘だった私の肩に、オフィスビル経営という、ラクなのか大変なのかよくわからない仕事がのしかかってきたのである。

運良く、1階から4階までとりあえずオフィスの借り手はついたものの、先々ちゃんとやっていけるのかどうか、まったくわからなかった。

長男である兄は埼玉の社員寮に住んでいた。なにかあれば駆けつけてくれたが、なにせ普段家にいなかったので、あまり頼りにはならなかった。

そして、夫を亡くしたショックと、慣れない大家業のストレスで、間もなくして母親はうつ病になった。

私は本当は、すべて放り出し、当時つきあっていた彼と結婚してふたりで新しい生活を始めたかった。だけど、結婚も決められず、おまけに会社を辞めて無職になった私には、家を出る口実も甲斐性もなかった。それに、莫大な借金がある真新しいビルにうつ病になった母親をひとり残して家を出るという選択は、私には考えられなかった。

ところで、27歳になった私は、とにかく結婚がしたくてたまらなかった。ちなみに、この頃の東京都の平均初婚年齢は、男性が29・4歳、女性が27・0歳。実際、私の仲の良い同級生のマルちゃんは1年前に結婚し、ラブラブの新婚生活を送っていた。世の中の多数派の流れに置いていかれてなるものかと、私は焦りに焦っていた。

そんなわけで、結婚に心を奪われていた私は、仕事のことはかなりどうでもよかった。もともと働くのが嫌いだったし、再就職について真剣に考える気もまるでなかった。とりあえず、失業保険でももらいながら、ぶらぶらしようと思っていた。

フリーターが、ある日突然やって来た

平成4年（1992）。バブルが崩壊し、世の中は「不況」「不況」と言われていたけれ

ど、日経平均株価は1万5000円以上あったし、30前の独身女の働き口は、まだまだいろいろあった。そんなわけで、失業保険をもらい終わる頃になって、私はハケンで働くことにした。派遣先は大手コンピューター関連企業で、契約は約1年。延長の予定はなかったが、別にかまわなかった。時給は最低2000円ほど。日給にして約1万5000円がもらえた。片手間の仕事にしては、悪くない稼ぎだった。

派遣期間が終わりに近づいてきた頃になって、私はひとつの結論にたどりついた。

「大金持ちでない限り、人間は働かないと生きていけない」

どうせ働かざるを得ないなら、少しでも自分に合っている仕事にしよう——というわけで、消去法で考えた結果、広報課で経験した編集関係の仕事を目指すことに決めた。

こうして平成5年（1993）春、派遣期間が終了すると、私は転職活動を開始した。

とはいえ、まだまだ20代。「どうせそのうち決まるだろう」と呑気なものだった。

ちょうど、そんな頃のことだ。とある土曜日の午後、高校卒業以来、めったに会っていなかった野口ヨシオが、突然、我が家を訪ねてきた。

「マキエ、下に野口君が来てるみたいよ」

インターホンに出た母は、私の中学・高校の同級生だったヨシオの名前をさすがに知っていた。私が窓から道を見下ろすと、野球のユニフォームを着て、バットを突っ込んだリュックを背負ったヨシオが、黄色いロードレーサーの自転車の傍《かたわ》らに笑顔で立っていた。私があわてて下りていくと、ヨシオが言った。

「ヨッ、久しぶり。これからクリさんたちと野球の練習しに行くんだけど、暇だったら行かないかと思って」

クリさんというのは、私たちの高校の同級生だ。突然家を訪ねてきて、しかも野球の練習に誘うとは、野口ってやっぱり変なヤツだなあと思ったけれど、なにぶん暇だったので、私はヨシオと一緒に出かけることにした。運動場までの道々、私はヨシオに聞かれて自分の近況を説明した。

「つい最近までハケンで働いていたけど、いまは無職。いずれ就職するつもりなんだけど、ま、現状、家事手伝いってところかな。野口は就職したんだっけ？　確か、留学して留年したってところまでは、誰かに聞いた気がするけど……」

「おうっ、オレは就職したけど1年で辞めたの。それからは家で絵を描いたり、日雇いのアルバイトしたりして暮らしてる」

「へー、そうなんだ」

もともとは優等生で、留学経験もあって英語もできるヨシオが、20代も終わり近くになって肉体労働系のアルバイトしかしていないと聞いて、私はちょっと驚いた。でも、運動場に着いて、久しぶりに会った同級生男子の5人中、ヨシオを含めた4人が就職していないと聞いて、私はさらに驚いた。むーちゃんは塾の講師、持田君は編集やイラストの手伝い、クリさんは大学院で研究者になっていたけれど、みんな実家に住んでいて、アルバイト暮らしだった。

それ以来、私はときどき、彼らと会うようになった。そのうち、仲の良い同級生のマルちゃんもそうした集いに参加するようになって、私たちは、よく一緒に遊ぶ仲間になった。

彼らはあきらかに、ほかの20代の男たちより時間があったが、金は無かった。

その頃、なにせ家が近い私とヨシオは、みんなで飲んで騒いだあと、いつもふたりで帰った。新宿で飲むことが多かったので、よくヨシオは乗ってきた自転車を引きながら、歩いて帰る私を家まで送ってくれた。

あるいは、ヨシオの家に誰かが遊びに来ていると、夜、家に電話がかかってきて、私はよく呼び出された。そんなときは、怪訝《けげん》な顔の母親をよそに、私は「野口君の家に行ってくる」と言って、自転車で彼の実家へ急いだ。

ヨシオの両親は、息子が会社を辞めるのをすんなり許すだけあって、息子の部屋に何時に誰が出入りしていてもあまり気にしていない様子だった。その上、ヨシオの部屋は玄関を入ってすぐの階段を上がれば直接入れたので、いつしか私は平気でヨシオの部屋に出入りするようになっていた。

正社員ＯＬが、フリーライターになったワケ

平成5年の秋から、私は小さな小さな編集プロダクションに入社した。給料は27万円ほど。ボーナスは1ヶ月分だが、ちゃんと2回出してくれることになっていた。給料に不満は無かったけれど、実際には正社員とは名ばかりで、健康保険も厚生年金も未加入、年末調整さえしてくれなかった。その上、入社から1年経つ頃には、社長はセクハラ親父に変貌した。

そんなわけで、平成7年（1995）の夏、私は編プロに勤めたまま、転職活動を開始した。平成7年といえば、1月には阪神淡路大震災が、3月には地下鉄サリン事件が起きた、日本にとっても激動の年だった。

転職活動は、いままで以上に厳しさを増していた。なんにつけ根性のない私だったけれど、今度ばかりはそう簡単にめげるわけにもいかなくなっていた。なぜなら、20代の前半までは男に食わしてもらうのはなかば当然と思い込んでいたけれど、30歳目前になって、それはちょっと人として恥ずかしい気がするようになっていたからだ。実際、私のまわりには、結婚しても会社勤めを続ける女性が増え始めていた。仲良しのマルちゃんも、最初の会社の先輩で転職して編集者になった三山さんも、大学の後輩のミサもそうだった。

たとえば、「人は自立した生活を送ってこそ、一人前」というポリシーを持つマルちゃんは、結婚を機に会社を辞めたけれど、どこでもできて将来ずっと続けられる仕事を身につけたいと、得意だった韓国語を活かして翻訳の仕事の助手を始めていた。

25歳で結婚して、すでに子供がいるミサに至っては、大学卒業後に就職した会社を辞めたあと、「いつか独立できる仕事がしたい」と言って、子供を保育園に預け、司法書士事務所でアルバイトをしながら司法書士の資格取得を目指して勉強を始めていた。

彼女たちはいずれも、私と違って働くこと自体が好きな女性たちだった。それに比べると、もともと働くのが嫌いな私は、心から仕事を続けたいと思ったことは、まあ、一度もなかった。そんな私でも、優秀で前向きな友達に囲まれて感化されたところはあったわけだ。やはり、持つべきものは、友である。

第一、生きている限り、どうしたってお金は必要なのだ。このまま一生独身で終わる可能性もあるとどこかでビビり始めていた私は、好むと好まざるとにかかわらず、できるだけ一生続けられる仕事を身につけるしかないと、腹をくくった。

やがて私は、知人の紹介で、従業員12人ほどの広告関連会社に勤めることが決まった。ボーナスは働き次第と言われたが、給料は月収30万円を保障してくれた。社会保険も完備していた。クライアントは一流企業が多かったし、前の編プロに比べたら、確実にキャリアアップになった。

ところが、入ってみたら、そこは現代の「蟹工船」状態だった――。それはちょっと大げさだけれど、会社が受けている仕事量の割には、人手が完全に足りていなかったのだ。いつか乗り越えられる日が来ると信じて働き続けていたけれど、状況は悪化するばかり。私は体調を崩してしまい、結局、平成8年（1996）秋、その会社を退社した。

数年後、風の便りで、その会社が無くなったことを聞いた。実は、ある社員が裏帳簿を作って、儲けを着服していたそうだ。いわゆる〝ブラック企業〟だったわけだ。どうりでみんながあんなに働いても、儲からないはずである。

転職しては長続きしない日々……。気分は絶望的だった。なんだか、すでに自分の人生の衰退が始まっているような気がしていた。

それだけでも苦しいのに、父を亡くし生きる気力を無くしたうつ病の母親とふたりきりの暮らしは、息が詰まりそうだった。

実は、私が苦しんでいた問題は、もうひとつあった。当時つきあっていた彼氏とは、不倫の関係だったのだ。別れたり、よりを戻したりを繰り返しながら、5年も続いていた。

「必ず離婚するから待っていてほしい。そうしたら結婚しよう」

そう言葉ではっきり約束されたわけではなかったけれど、私は彼のことを心のどこかで、いつも信じていた。だからこそ、何度別れても、また彼の元へ舞い戻っていたのだ。

そんな出口の見えない、堂々巡りの日々から、私を救い出してくれた救世主——それこそが、ヨシオだった。

いつしか私は、ヨシオの家へひとりでも遊びに行くようになっていた。その頃になると、私とヨシオはなんでもよく話す間柄になっていて、私は、自分が不倫していることや、母親がうつ病で大変なこと、実家のビル経営が苦しいことなどをヨシオにしょっちゅう相談していた。

「そうか、西園寺、お前もけっこう大変だな。オレは金は無いが、時間ならある。話だったらいつでも聞いてやるし、酒が飲みたければ、いつでもつきあってやるぞ」

ヨシオはその言葉通り、本当にいつでも私につきあってくれた。そしていつしか、そんなヨシオのことが、私は気になり始めていた。


その頃、私は人生の一大決心を固めつつあった。会社で働くことを諦めて、フリーライターになろうかと考え始めたのだ。バブルの残り香が漂っていた当時、自分だけの力で仕事をこなしていくフリーランサーは、若い女性たちの憧れの働き方のひとつだった。私もずいぶん前からできることならフリーになりたいと思っていたけれど、経験の乏しい自分に務まるはずがないと、ずっと及び腰だったのだ。

だけど、この8年間、大企業からハケン、零細企業、中小企業と経験して、会社という組織に幻滅し、自分には会社勤めはまったく合わないと痛感した。

そもそも会社で働く利点は、言うまでもなく、その安定性だ。年金や健康保険などの充実ぶりも、自営業者とは比べものにならない。でも、そうした安定性も福利厚生の充実も、結局は大手だからこそ約束されるものだというのが、私の実感だった。

でも日本の場合、私のように「大学を卒業して企業に就職」という流れから一歩足を踏み外すと、よほど優秀な人でもない限り、大企業に勤めるという流れにはもう戻れない仕組みになっている。30代はまだ可能性はあるけれど、40代に入ったら、まずアウトだ。だから、みんな、中年になると身動きがとれなくなってしまう。要するに日本は、年をとればとるほど、働き方にまったく融通がきかなくなる国なのだ。

それに大企業は大企業で、転勤や異動は日常茶飯事だ。会社の都合で、自分の住むところや仕事の内容をコロコロ変えられてしまうなんて、私にはとても考えられない。とはいえ本来、会社に勤めて会社に食わしてもらうということは、そうやって自分の人生を会社に捧げることだ。その方が働きやすいという人も、たくさんいるだろう。

でも、私は違う。そもそも会社員だけが生きる道であるはずがない。世の中には、自分だけの力で稼いでいるフリーランサーや自営業者だっていっぱいいるじゃないか！

かくして私は、会社に頼らない人生を目指すことに決めたのであった。

女31歳、フリーターとつきあえる？

一方のヨシオは、肉体労働系のアルバイトを完全に辞めて、とある公設の研究所で週に

3日ほど働くようになっていた。もちろん、アルバイトである。私たちの中学の恩師で、いまは教育の研究をしている鈴木先生が、ヨシオがぷらぷらしていると聞きつけ、自分の助手にちょうどいいと思ったらしい。

思い通りにならない人生と格闘しながら、ぐずぐずの不倫関係を続けていた私にとって、いつも一緒に飲んだり遊んだりしてくれるヨシオは、まさに心のよりどころだった。そして、混沌《こんとん》としたいまの生活から救い出してくれる人がいるとしたら、それはヨシオかもしれないと、私は思い始めていた。

しかし、三十路に突入し、頭の中は結婚に対する執着心でいっぱいだった私は、自分が30歳のフリーターを好きかもしれないという事実を受け入れきれずにもんもんとしていた。「これからつきあう人とは、結婚が大前提」という考え方しかできなくなっていたからだ。結婚を前提としたお相手としては、30歳フリーターはどうにもキツい。

第一、ヨシオが私を受け入れてくれるかどうかだって、わからない。これだけ親しくしているから、嫌われてはいないだろうが、もし向こうにその気がなかったら、告白したとたん、私は貴重な男友達を失いかねない。それも大きな問題だった。

そんなある日、私は電話でマルちゃんに自分の気持ちを正直に告白した。すると、マルちゃんは大いに喜んで、ヨシオとつきあうように勧めてくれた。

「いいじゃん、ヨシオちゃんに好きだって言ってみなよ。彼はいい男だと思うよ。まあ確かに、いま現在フリーターなのは気になるかもしれないけど、先のことは誰にもわからないしさ。ひょっとしたら、将来、有名な絵描きになるかもしれないよ～」

私はマルちゃんの言葉に勇気づけられ、ヨシオに告白する決意を固めた。

その晩、私は、いつものようにヨシオの部屋に行って、ふたりでテレビを見ながら、日本酒を飲んでいた。さぁーて、なんて切り出そうかと思ったとき、ヨシオが言った。

「実はさあ、オレ、いま、つきあおうかと思っている女がいるんだ」

キターッツ！　それって、私のことよね？　なんてタイムリーなの！　と私は思い、はやる心を鎮めつつ言った。

「へ、へー、そうなんだあ」

そして、浮き足だった私がなんて言おうか考えていると、ヨシオが予想だにしなかった言葉を口にした。

「大学のサークルの後輩でさ、いまはタイに留学してるんだ」

「……」

ひと呼吸おくと、私は精いっぱい冷静を装って「ふーん」と言ってみた。

彼女は28歳。留学といっても、3～4ヶ月に一度ぐらいは日本に帰ってきていて、ここ1年ぐらいの間に何度かふたりで会っていたという。そんな話、いままで一度も聞いたことがなかった。ヨシオの話によれば、告白は彼女の方からで、しかも、もうすでにふたりはいい関係だという。次に彼女が日本に帰ってきたら、ヨシオの方から正式に交際を申し込もうかと思っている……。

ヨシオの話を聞いているうちに、私の中で、ものすごい勢いで潮が引いていくのがわかった。きっとヨシオは、「そんなわけで、彼女とつきあうことになったら、もうこんな風にお前に会うわけにいかなくなるんだ」とかなんとか、言うつもりなんだろう。私はヨシオにとって、〝恋人〟になるどころか〝邪魔者〟になってしまったわけだ。

うつろな気持ちで話を聞いていると、ヨシオが続けた。

「正直、オレ、本当に彼女とつきあうべきなのか、よくわからないんだけど……。ただ、とにかくそいつはさ、28歳のくせして、30でぷらぷらしてるオレとつきあおうって言うんだぜ。オレは、その勇気に一番感動したんだ」

カナヅチで頭を殴られたような衝撃とは、まさにこのことだった。フリーターがどうの、結婚がどうのと躊躇《ちゅうちょ》しているうちに、私は3歳年下の女に先を越されてしまったのだ。

焦りと悔しさでぐらぐらしている頭の中で私は叫んでいた。ヨシオとつきあう勇気だったら、私だって昨日固めてきたところだ！　その女に遅れをとったのは、私の方が3歳年食ってるからじゃないか！　仕方ないだろう、なんたって私はもう31なのだ！

こうなったら、もう、黙って話を聞いているわけにはいかない。そう決意を固め、精いっぱいカッコをつけて、私はヨシオに言った。

「へーぇ、そうなんだぁ。でも、あなたとつきあう勇気だったら、私にもあったんだけどね。私ったら、その人に先越されちゃったってわけね」

私のセリフに、ヨシオは事の次第を飲み込んだ。それは彼にとって、まったく予期せぬ展開だったようだ。彼の驚きぶりを見た私は、その日はとりあえず退散することにした。

「ま、私は言いたいこと言わせてもらったから、今日は帰るわ」

「あ？　ああ、そう。わかった。送ってくわ」

ずいぶんあとになって本人から聞いた話だけれど、ヨシオは、私からの告白を聞くまで、本当に私のことを異性として見ていなかったそうだ。つまり、それまで私に向けてくれていた優しさは、完全に友人としての優しさであり、そこには一切、下心はなかったわけだ。私が告白したことによって、ヨシオはようやく、私が女であることに気づいたのだった。

だが、私が女だと気づくと、ヨシオは急に一線を越えてきた。それでもはじめの頃は、タイにいる彼女への迷いを抱いたままではあったけれど……。

一方、見知らぬ〝タイの女〟にライバル心をメラメラと燃やす私は、ヨシオがフリーターであることなんて、もはやどうでもよくなっていた。そんなことより、数ヶ月後、彼女が帰ってきたときヨシオはどうするつもりなんだろう……そんな不安と闘っていた。

でも、そうした不安は、毎日のようにヨシオに会うたびに薄れていった。一線を越えた私とヨシオは、気まずくなるどころか、どんどん親密になっていったのだ。そして、気づいたらヨシオは、その女性と縁が切れていた。気づいたら私は、5年にわたって続いていた不倫関係を完全に終わらせていた。

こうして、31歳フリーターとフリーライターのカップルは誕生した。

フリーター って……

ヨシオのひとこと

時給は安いけど、
なんたってラクだもん。
会社勤めとかのストレスに比べたら、
ぜんぜんたいしたことないよ。
（p.14）

ヨシオのひとこと

誰かが儲かるってことは、
どこかで誰かが
儲からなくなってるわけさ。
（p.23）

ヨシオのひとこと

ホームレスは基本的にだめ。
だって、結局はどこかでズルして
生きている人が多いからね。
（p.25）

ヨシオのひとこと

人がひとり、
社会に迷惑かけずに生きるのに
必要な分だけは自分で稼ぐ。
それ以上は働かない。
（p.25）

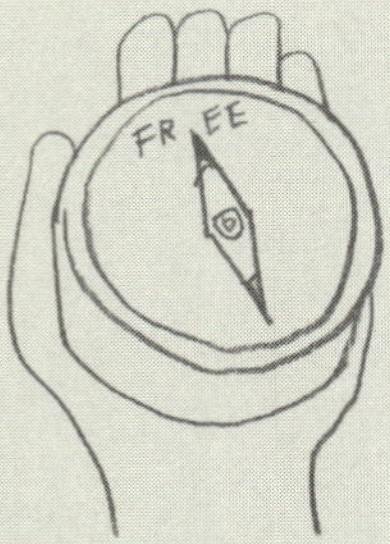

自ら“フリーター”という働き方を選び、
中高年になってもそれを続けているヨシオ。
収入が低く、生活が不安定なフリーターだけれど、
稼ぐのが嫌いなヨシオにとっては、
利点もあるようだ。

2章

結婚と出産の賞味期限

パラサイト・シングル同士のお気楽カップル？

平成4年（1992）、5階建てのビルが完成し、私はいわゆる〝ビル持ち〟の娘になった。アパート経営やオフィスビル経営といえば、「ラクして儲ける」ことの代表のように思われがちだけれど、それは資金に余裕があって、優良物件をたくさん持っているレベルの話だ。実際には、はたが思うほど儲からないし、ぜんぜんラクでもない。素人が手を出すなら、よくよく考えてからにした方がいい。

テナントは、どこが使いづらいだの、家賃が遅れるだの、ゴミがどうだのと、いろんなことを言ってくる。兄は、なにか問題があれば電話やメールで対応してくれたけれど、しょせんは離れて住む身。テナントや工事業者との実際のやりとりは、母と私でひとつひとつ解決していくしかなかった。そして母が年老いていくにつれて、そうしたビルに関する仕事は、私が請け負うようになっていった。

我が家の場合、あまりにも建てた時期が悪かった。バブル絶頂後、土地の価格は歴史的な勢いで急落し、すぐにテナントから家賃の大幅値下げを要求された。それでもローン返済額は変わらず、毎月きちんきちんとやってくる。バブル期に銀行が描いた夢のようなローン返済&オフィス賃貸収入計画は、あっという間に「絵に描いた餅」と化した。家賃収入からローン返済分と税金と諸経費を引くと、ほとんど儲けなどなくなった。

実際、平成10年（1998）頃から、給料が下がっていくのに住宅ローンは高いままで、新築の我が家を借金のかたにとられ、それでも借金を払いきれず、差額の借金を払い続けるという、恐ろしい目に遭わされた家庭がけっこうあったはずだ。

我が家の近所にも、同じ頃にビルにした家が4軒あったけれど、そのうち3軒は5、6年のうちに持ち主が変わってしまった。そうした中で、我が家はなんとか破算せずに保っていたのだから、まだいい方ではあった。

その上、一度テナントが出て行ってしまうと、半年やそこらの間、その階が空いたままになることはザラ。しかも、新しいテナントが見つかるかどうかは、どうがんばっても自力ではどうにもならない。家賃を下げられるだけ下げたあとは、祈るような気持ちでひたすら待つしかないのだ。そうなると、たとえば我が家の場合、1階分の賃貸料金である月額約20万がまるまる入ってこないことになる。それでも銀行への毎月の返済金額は変わらないから、赤字分は貯金から取り崩していくほかない。

実際、我が家の約1000万円の余剰金は、どこかの階が空くたびにあっという間にどーんと減ってしまい、増減を繰り返しつつも、だが確実に減っていった。ローンを払い終えるのが先か、貯金がゼロになるのが先か……。それはまさに、綱渡りの返済計画だった。

バブル崩壊後、日本の株価は約2年で急激に下がったものの、いまから考えれば世の中はたいして不況という感じでもなかった。土地の値段や株価が下がったものの、まだまだ仕事はあったし、サラリーマンの給料だって下がっちゃいなかった。

しかし、平成9年（1997）。本格的な不況は確実に私たちの生活を脅かし始めていた。11月には山一證券が自主廃業し、北海道拓殖銀行が都市銀行として戦後初にして唯一の経営破綻を起こすことになる。そうした日本経済崩壊のうねりは、ヨシオの生活にも大きな変化を及ぼすことになるのだった……。

私とヨシオがつきあい始めてから約1年が過ぎ、私たちは32歳になった。

私は駆け出しのフリーライターとしてそこそこ食べていけるようになっていた。実家のビル経営は、家賃が下がる一方であいかわらず綱渡り状態が続いていたものの、なんとか存続していた。ヨシオは週に2、3日、鈴木先生の研究室でアルバイトを続ける中、たまに絵を描くという気ままな暮らしを続けていた。

実家暮らしのフリーライターとフリーターの私たちは、さほどお金にも困っていなかった。当時のヨシオの収入は5～6万。家に5000円の食費は入れても、社会保険上も税制上も親の扶養に入っていたから、国民年金以外にヨシオが自分で払う支出はほとんどなく、アルバイトで稼いだお金はほぼ自由に使えたのだ。これぞまさしく、パラサイト・シングル同士のお気楽カップルだった。

フリー同士、時間的にも余裕があった私たちは、たいした贅沢はしていないけれど、よく平日に遊び歩いた。平日は休みの日に比べると当然どこもすいていて快適だったし、お得な料金設定なども多くて、特に旅行は格段に安く上がることが多かった。

そんな平成9年の5月頃。とある平日の昼下がりに家で仕事をしていたら、突然我が家の呼び鈴が鳴った。

「マキエ、野口君が来てるから、とりあえず上に上がってもらったわよ」

インターホンに出た母親が、私を呼びに部屋へ来た。

こんな風に昼間突然やって来ることは珍しかったが、その頃になると、ヨシオはときどき私の家にひとりで遊びに来るようになっていた。私は自分のことはほとんど母親に話さない娘だったので、ヨシオとつきあっているとはひと言も言っていない。しかし、ヨシオがひとりでうちに来る機会が増えていくうちに、母もなにかは感じていただろう。

「な～に、突然、どうしたの？」

私の部屋のソファに腰を下ろしたヨシオに、私は聞いた。

「突然、すんません。家のまわりをぐるぐる歩いているうちにこっちの方まで来ちゃったから、ちょっと寄っていこうかなと思って。……実は、家を出ることになりそうなんだ」

池袋のマンションに暮らしているお兄さん夫婦が、子供を２人連れて実家に帰ってくることになったという。そこで、ヨシオは家を出て自活せよ、という展開になったらしい。

お兄さん夫婦が実家に入ることになったのは、ヨシオの両親とお兄さんが経営している水道工事業がかなり厳しい状態に陥ってしまったことが原因だった。

実はバブル期に、ヨシオの家は事業拡大に向けて銀行から資金を借り入れていた。でもそれは、自分たちから貸してくれと言いに行ったのではなく、しょっちゅうやってくる銀行に「ぜひ、借りてください」と強く勧められたのが始まりだったそうだ。まったく、我が家のビル計画と同じような経緯だった。

ところが、景気の後退とともに、ヨシオの家の会社も売上が落ち、徐々に経営は悪化。予定通りの返済が不可能になり、その不足金額に充てるため、お兄さんの家のマンションを売りに出すことになったのであった。

家賃４万、風呂無しアパートの住みごこち

その日、突然私の部屋にやって来たヨシオは、いつものように明るく話していたが、頭の中はいろいろな考えでぱんぱんになっている様子だった。ヨシオは言った。

「家を出るといっても、近くにアパートを借りて、しょっちゅう実家に出入りする感じ。おやじも兄貴も、事業がうまくいかなくなったことにある程度責任を感じていて、なんせ急な話だし、オレに対してはなんか同情的なのよ。バイトのある日は夕飯うちで食べてけって言ってるし、風呂も入りに来いって。だから、早稲田あたりで、６畳１間の風呂無しアパートを探すことになると思う」

「トイレは？　トイレはどうするの？　共同トイレって線もアリなの？」

「いやいや、さすがにトイレは部屋にないと困る。オレ、おなか弱いし」

私はちょっとだけ、ほっとした。私にとっても、共同トイレはハードルが高かった。

「家賃はどうするの？」

「いくらなんでも、いい年して出してもらうわけにもいかないだろう。というわけで、そ

こが問題なわけさ。現状、オレの収入が約6万。家賃4万ぐらいの物件が見つかったとしても、はたしてやっていけるか……って言っても、なんとかしないとならないわけだが」

「いまのままじゃ、ちょっと厳しいね。思いきって、バイトを変えるとか?」

私が不安そうな顔をしたのだろう。ヨシオは立ち上がった。

「うん、ま、大丈夫、なんとか考えてみるから。今日は、とりあえず報告ってところ」

ヨシオはスタスタと帰って行った。


ヨシオから話を聞いて、私は不安になるというより、ちょっと先々が楽しみになってしまった。実家から出たことも、ひとり暮らしの男とつきあったこともほとんどない私にとって、〝アパート〟というのは、魅惑的な場所だった。誰にも邪魔されず、時間もお金も気にせず、日がな一日ふたりでいられるのだ。引っ越しの手伝いを考えただけで、なにやらワクワクしてきた。

すると数日後、ヨシオがうれしそうに報告してきた。

「あのねえ、鈴木先生に話したら、まだまだやってもらいたいことがあるからって、バイトの日数増やしてくれることになったんだよ。週4日になったから、10万ちょっともらえそう。ぎりぎりだけど、なんとかやっていけると思う」

「へぇ～、良かったねえ」

「でも、ぎりぎりなのは確かだから、マキエにも協力してもらうことになるよ。これからは緊縮財政だからね！　いままでみたいに、あちこち遊びに行ったり、そうそう外食したりはできなくなります」

私はほっとする反面、どこかでがっかりしていた。就職とまでは言わなくとも、もっと割のいい仕事に就くいい機会かもしれないと思っていたからだ。とはいえ、ヨシオがアパート暮らしになるのは楽しみだったし、彼と一緒にどこまでビンボーに耐えられるのかやってみよう、という気持ちもわいてきていた。


こうしてその年の6月、ヨシオは、早稲田界隈の、木造2階建て、6畳1間＋3畳キッチン、風呂無しトイレ付き、家賃4万円のアパートに引っ越した。昔ながらの住宅街にある、昭和の香りのする古いアパートだった。でも、1階は倉庫になっていて、2階はヨシオの部屋があるだけという珍しい作りで、上下左右の部屋に気を遣わなくて済む、なかなかの優良物件だった。

ヨシオがアパートへ引っ越すことになった6月の初旬、私はエプロンやらゴム手袋やらを自転車のカゴに詰め込み、いそいそと早稲田に向かった。私の家からヨシオのアパートまでは自転車で10分弱。ちょうど、ヨシオの実家までと、同じぐらいの距離だった。

お兄さんに手伝ってもらって、ベッドにデスク、本棚とスチールラック、こたつが運び込まれると、6畳間は、もう、ふたり座るのがやっとぐらいのスペースしか残っていなかった。お兄さんが帰ったあと、ひと息つくと、私はヨシオを買い出しに誘った。

「トイレ用品とか、台所用品とかさ、100円ショップで買えるものがあったら、さっそく買ってこようよ」

「台所用品ねえ……。よ〜しっ、100円ショップで買いまくるぜ!」

私たちが喜び勇んで近所の100円ショップに行ってみると、鍋とフライパン以外、必要なものはほとんど売っていた。立派な包丁まで100円で売っているのには、本当に驚いた。ほかにも、おたまにフライ返し、茶わんにお皿、スリッパ、玄関マット、台所用洗剤など、私はウキウキしながら次々と選んでいった。

「いやー、ヨシオちゃん、驚いたね。もはや100円でたいがいのものは手に入る時代なのね。あたし、なんか楽しくなってきちゃった」

ずっと実家で暮らしてきた私は、家庭用品を自分で選んだことがほとんどなかったのだ。私は新妻気分ではしゃぎまくった。

それからというもの、外食代節約の意味もあって、私は週に一度ぐらい、ヨシオの家へ晩ご飯を作りに行った。1、2ヶ月に一度ぐらいは、そのまま泊まって、翌日の夕方までいることもあった。もちろん母親には、どこに泊まったかは内緒である。

「今日、夜、出かけるからご飯いらない」と言うと、母は決まって「あっ、そう」と言ったきり不機嫌になった。それでも、いい大人が週に一度ぐらい外で食事をしたり、たまに外泊してなにが悪いと思っていた私は、いつも詳しい行き先は告げずに家を出ていた。

そして夕方のスーパーで夕飯の食材を買い込むわけだが、「今日の予算は全部で500円」という具合に、設定した金額以内でいかにおいしいものを作るかを考えるのは、意外と楽しい作業だった。

食材を買い込むと、ヨシオより先に部屋についた私は合い鍵でドアを開け、持ってきたエプロンをして料理を始める。そして、新婚気分で帰宅するヨシオを迎え入れた。

「ただいまーっ！　今日のご飯、なーに？」

「今日はねえ、コーンとモヤシたっぷりのバターラーメンと、卵とネギのチャーハンだよーん。かかったお金は、なんと全部で380円也！」

「ひゃっほう！　やったね、マキちゃん。じゃ、オレ、さっそく紹興酒でも買ってくる」

実際、卵やご飯など、食材の一部をヨシオの家の残りものを使うと、ふたりたらふく食べても400円でおつりが出ることもあった。それでもなかなか充実した晩ご飯が食べられたし、しかも、賢く上手に節約しているという達成感も味わえた。

ただし、酒好きのヨシオは、どんなときも、料理に合う酒だけは欠かさなかった。乾杯のビール類はもちろん、中華なら紹興酒、イタリアンならワイン、和食なら日本酒か焼酎を必ず用意した。しかも贅沢なことに、ワイン以外は、あまり安物は買わなかった。おそらくヨシオの支出は、家賃の次は酒代だったに違いない。

生活費ギリギリの収入でも、やっていける？

平成9年（1997）当時、ヨシオの研究室での仕事は、日給約6500円×週4日で、毎月の収入は約10万円だった。ここから家賃やら光熱費やら必要経費を引くと、お金は4万円しか残らなかった。はじめてのひとり暮らしで（というほど完全な自活ではなかったけれど）、もともと生真面目なヨシオは、綿密な計算のもとにしっかりお金を管理していた。

お米やパン、カップラーメンや調味料などの食品、ティッシュペーパーなどの生活必需品は、毎日のようにチラシを確認して、特別安くなっているときを狙って買いに行った。ガス、水道、電気代も細かくチェックして、相当に暑い日でも、冷房は極力使わないことにしていた。私と一緒に夕飯を食べる日はそれなりの酒を買っていたが、普段自分が飲む分は、スーパーの自社ブランド品の発泡酒と、4リットル入りのどでかいペットボトルに入った安物のウイスキーに絞っていた。靴下やパンツは少々破けても気にせず、洗濯物を引き受けてくれていた実家のお母さんに「いくらなんでも、もうこれは限界です」と言われるまで履き続けた。もちろん、散髪は自分でしていた。

そんな甲斐あって、ヨシオの生活は毎月ギリギリのところで黒字になった。まあ、黒字といっても、数千円余るかどうか、という世界だった。

こうして半年ほど黒字が続き、ヨシオが自分の暮らしぶりに自信を持ち始めた12月のはじめ、ちょっとした事件が起こった。

その日、私はいつものように夕飯をヨシオの部屋で作り、ふたりで酒を飲み、テレビを見ながら週末を楽しんでいた。夜も更けて、私もヨシオもほろ酔いになっていた。

「ねえねえマキちゃん、今年のクリスマスはどうしようか？」

ヨシオはクリスマスが大好きだった。去年はちょっとした店で外食したし、手作りの指輪もプレゼントしてくれた。それは拾ってきた平べったい黒い石の真ん中に穴を空け、何日もかけてヤスリで少しずつ削って見事なリング状に仕上げたもので、とても素人の手作りとは思えない素敵な指輪だった。

「今年はどっかでケーキだけ買ってきて、ヨシオの家でひっそり楽しもうよ」

「うーん、マキちゃんは優しいなあ。ああ、貧乏でごめんよぉぉぉぉ」

ヨシオは笑いながら泣きマネをした。それからCDを取り出し、「ひと足早く、クリスマス気分を味わおう！」と言うと、部屋を暗くして音楽をかけた。

アニー・レノックスが歌うクリスマスソングを聞いているうちに、私たちは立ち上がって、足の踏み場がほとんどない6畳間で抱き合い、ゆらゆら踊り始めた。

そして、次のアップテンポな曲に変わったところで、ヨシオは突然、私をお姫様だっこすると、曲に合わせてゆらしながら、畳の上で軽くステップを踏み始めた。

「うーん、さすがに、ちょっと重い…かも……」

「あははは。当たり前だって。あははは」

私が大喜びでヨシオの胸に顔を埋めたそのときだった。ヨシオの足下で、〝バリッ〟と、鈍い音がした。

驚いたヨシオは私を下ろして電気をつけると、音がしたあたりにへなへなと座り込んだ。

「なにっ⁉　どうしたの⁉」

見ると、ヨシオの手元にはノートパソコンがあった。それは、研究所で頼まれていた書類を家で仕上げるために、ヨシオが職場から借り受けてきたパソコンだった。不安げなヨシオがパソコンを開いてみると、液晶画面に小さなヒビが走っていた。

「やっぱり……。でも、画面が正常で使えるなら……」

ヨシオは電源をオンにした。するとしばらくして立ち上がった画面は、ヒビのラインに合わせて液晶が滲《にじ》み、その部分が読めなくなっていた。中のデータが無事だったのは救いだったが、ヨシオはおでこに手をあてて、溜め息をついた。

「液晶画面の交換って、確かかなり金がかかるんだよ……多分、7、8万」

私はヨシオの隣りに座って、手を握りしめて言った。

「やっぱり、弁償しないわけには、いかないよね」

「うん……」

しばらくの沈黙のあとで、ヨシオが言った。

「オレは、これまでなんのために、10円、20円って節約してきたんだ……。半年間冷房も暖房もガマンして、せっかく1万円ぐらい貯まったと思ったのに。それが……一瞬で7万がパ～かよ……」

滅多に泣き言を言わないヨシオが、下を向いて肩を落とした。私は、ヨシオの手を握りしめたまま黙っていたが、やがて酔っていたせいか、涙が出てきてしまった。

ヨシオと私を半泣きにさせたこの〝ひと踏み7万円事件〟は、幸いなことにパソコンがちょうど買い換え間近だったということで、鈴木先生が弁償しないで済むように取り計らってくれたのであった。

三十過ぎたいい大人が、彼女をだっこして踊っているうちにパソコンを踏みつけて壊したというのは、かなりアホな図だ。しかも、7万円のお金のことで、三十過ぎた男女ふたりが夜中に泣きそうになっているというのも、やっぱりアホな図だ。それでもあの頃の私たちにとって、7万円というのはそれほどの衝撃を与え得る金額だった。

たぶん私は、あの瞬間まで、貧乏ってけっこう楽しい！　と、思っていた気がする。いまどき、贅沢しなければ、大人のひとりやふたり、どうやったってそれなりに楽しく生きていけるだろう。でもそれは、事故や病気など、予期せぬ出来事が一切起きない場合の話だ。大きな事故じゃなくても、冷蔵庫やパソコンなど、それなりの金額がする機器が壊れることもあるし、病気になることもあれば、身内になにか問題が起こることだってある。収入が生活費ギリギリでは、なにかあったとき、人はやっぱり困るのだ。

男34歳フリーター、留置所に3泊4日

年が明けて平成10年（1998）。ヨシオの実家は、いっそう大変な状況に追い込まれていた。お兄さんが住んでいたマンションを売ったお金で銀行への返済にめどをつけたはずだったのだが、それでも経営は好転せず、借金が焦げつき始めていた。

お父さんは銀行に対して、ローン返済計画の見直しを何度も頼んだが、銀行は聞く耳をもたず、全額返済を迫ってきた。こうして、野口家は、長年住み慣れた実家兼事務所を手放さざるを得なくなり、家を売って、近所の借家に引っ越すことになった。

ヨシオはかつてよく遊びに来ていた仲間たちを自宅に呼び、〝サヨナラ・パーティー〟を開いた。自分が生まれ育った家が銀行に取られ、人手に渡ってしまうというのに、はた目にはずいぶんあっけらかんとして見えた。野口家の人々は、家を売ったお金で従業員に退職金を払い、昔からつきあいのある関係先に借金を払ってからその残りを銀行に渡したが、それでも数千万に上る借金が残ってしまった。

さらに、その約1年後の平成11年（1999）3月。住み慣れた家を手放し、残ってい

た借金の支払いを続けていた野口家のお父さんは、ある夜、突然亡くなってしまった。あとには、お母さんとヨシオたち兄弟に、ひとり約1000万円ずつの借金が残った。

お父さんが亡くなって2週間ほど経ったある晩、事件は起きた。その日、研究室で仕事を終えたヨシオは、私のPHSに電話をしてきた。

「あのさぁ、鈴木先生がうまい酒があるから飲んでけって。やっぱ、オヤジのことがあっただろ、みんなオレに優しくしてくれるんだよ。まあ、8時ぐらいには上がるからさ、そしたら電話する。そんで、帰りにマキエのうちに寄ってくから」

「わかった。自転車なんだから、あんまり酔っぱらうと危ないからね」

「うん、大丈夫。わかってる、わかってる」

ところが――。これが、ぜんぜん、「わかって」いなかった。

私が家で仕事をしていると、ヨシオは、9時半を過ぎた頃、ようやく電話をかけてきた。

「あ、マキちゃん？　ごっめーん、すっかり遅くなっちゃった」

「いまどこなの」

「ええと、ここは、どこかしら……たぶん、目黒？　うーん、トイレ行きたい～」

ヨシオはあきらかにべろべろだった。自転車で通勤しているヨシオがべろべろになるのは、命取りになりかねない。人様に迷惑をかけるかもしれない。私は強い口調で言った。
「とにかく自転車をどこかに停めて、トイレに行って。それから少し酔いを覚ましてよ！」
「うー、ごめんなさいー。とにかくトイレから出たら、もいっかい電話する……」
ところが——。その後、待てど暮らせど、それっきり、ヨシオから電話がかかってこない。私は何度もヨシオのＰＨＳに電話をかけた。最初は呼んでいても出ないだけだったが、しばらくしてからは完全につながらなくなった。それから私は、ひと晩中、15分おきにＰＨＳに電話をかけ続けた。それは、まったく生きた心地のしない夜だった。

実はその晩、ヨシオは目黒警察署の留置所にいた。酔っぱらってふらふらしていたヨシオがチンピラにぶつかって、路上でケンカになったのだった。近所の人の通報で駆けつけた警察官に取り押さえられたふたりは、そのまま留置所に送られたのだった。

翌朝、ヨシオのお母さんからの連絡を受けて、私はあわててタクシーで目黒警察署へ向かった。受付で、「留置所に面会に来たんですが」と、まさか自分が口にすることは一生ないと思っていたセリフを言い、申込書のようなものにヨシオと自分の名前を書き込んだ。

さんざん待たされたあと、留置所に通されると、私の顔を見た警察の人が大声で叫んだ。

「おい、10号に面会だ」

留置所では、ヨシオは「10号」になっていた。

面会室に入ると、よくテレビドラマに出てくる真ん中にポツポツ穴のあいた透明なプラスチックの板が、目に飛び込んできた。まさか、自分がこんなところに来ることになるとは、ゆめゆめ思わなかった。私は自分自身がいまそこにいるという事実にビビりながらも、興味しんしんで、ちょっと興奮していた。

しばらくすると、片目のまわりが真っ黒に黒ずみ、鼻とくちびるが腫れ上がったヨシオが、しょぼーんと、現れた。

「ごめんなさい」

そのとき、私はヨシオの無事を確認できた安心感の方が強くて、まったく怒る気になれなかった。ヨシオは家が倒産して、生まれ育った実家を借金のかたにとられ、2週間前にお父さんを亡くしたのだ。確かに、酔っぱらいたくもなるだろう。

「ねえ、牢屋に入っているの?」

「なに言ってんの、牢屋じゃないよ。まあ、こっちっ側はこんな風に柵になってるけど……」

「なんだ、やっぱり牢屋じゃん……」

ヨシオの話によると、彼と同じ部屋にはオーバーステイのミャンマー人とインドネシア人がいるという。柵のある部屋で、ヨシオが片言の日本語を話すミャンマー人とインドネシア人と3人で身の上話をしているところを想像したら、私はなんだかおかしくなった。そして、明日、検察に行って反省していると言えばその場で出られそうだというヨシオの言葉に安心して、私は留置所をあとにした。

実際にはヨシオの留置所滞在は、1泊では済まなかった。ヨシオは検察で、「あなたは相手を殴ったんですね?」と問われて、「多分そうだとは思うんですが、酔っぱらっていたので、なにも覚えていないんです」と正直に答えたところ、「そうですか。では、もう少し調べてみましょう」という話になって、留置所滞在がさらに2泊増えてしまったのだ。とはいえ、その場で「殴りました。反省しています」と言っていたら、すぐに釈放になったとしても罰金数万円を科せられるところだったというから、ビンボー人にとっては、留置所に3泊する方がまだマシだったといえる。

とにかく、こうしてヨシオは不起訴になった。そして、終わってみると、3泊4日の留置所暮らしはヨシオにとってそれなりに面白い経験だったようで、留置所の構造や1日のスケジュール、ご飯の内容、シャワーやトイレのこと、ミャンマー人とインドネシア人から受けた人生相談など、ヨシオが仕入れてきた体験談は友人たちに大ウケで、そのネタはその後、ヨシオの〝持ち芸〟のひとつになった。

女35歳フリーライターは、フリーターと結婚できる？

平成11年は、お父さんが急死したり、チンピラとケンカして逮捕されたりと、ヨシオにとって悪いことが続いていたが、ちょっといい話もあった。鈴木先生と同じ研究所で働いている別の先生が、ヨシオにイラストの仕事をふってくれたのだ。小学生に正しい日本語を教える教材として、イラスト付きの教科書や辞書を作ることになって、大量のイラストが必要になったという。

ギャラは1枚につき1０００円から2０００円。毎月40～50枚はあり、数年はかかるという話で、鈴木先生の研究室だけではギリギリの生活しかできなかったヨシオにとって願ってもない話だった。しかも、家で空いている時間に描けばいいのだから、どこかへバイトへ行くよりラクだ。こうしてヨシオの収入は、毎月15万～20万にアップし、年収は約2２0万ほどになった。少なくとも2、3年は、収入の心配をしなくて済みそうだった。

私の方も、フリーライターとして順調に収入を上げていた。コンスタントに仕事をくれる出版社と広告代理店が1件ずつあって、そのふたつからの仕事をこなしているだけで毎月30万～40万ぐらいは稼げるようになっていた。年収にすると約450万円前後。当時のサラリーマンの平均年収程度は稼いでいたことになる。たいした金額ではないけれど、35歳の女子にしては、まずまずの収入だった。

ただし、元来ナマケモノの私はフリーライターになったからといって、決して働くのが好きになったわけではなかった。あくまでも、生きるためには働かざるを得ないから働いていただけだ。フリーライターというと、その仕事が好きだからやっている人が多いと思われるけれど、私の場合、それほど仕事に愛着や誇りがあったわけではなかった。フリーライターになったのは、ひとえにその仕事と働き方が自分に合っていると思ったからだ。

なにはともあれ、あの正気の沙汰とは思えないラッシュの電車に毎朝乗らなくていいというのは、フリーランサーの大きなメリットだった。いまでもたまに朝の仕事でぎゅうぎゅう詰めの電車に乗ると、よく人々は毎朝こんなものに耐えているなと、私はつくづく思う。「それが普通」とか「みんなガマンしている」とか言われようが、私にはとても耐えられない。その点では、私とヨシオはまったく意見が一致していて、ヨシオは早稲田から約10キロ離れている鈴木先生がいる研究所まで片道約50分かけて自転車で通勤していた。

そうこうするうちに、平成11年の年末がやってきた。世の中では、世紀末がどうとか、2000年がくる前に世界は滅びるとか、コンピューターが誤作動を起こして街は大混乱に陥るとかいろいろいわれていたけれど、当然のように何事もなく2000年がやって来て、私たちはまたひとつ年をとって35歳になった。私とヨシオはつきあい始めて丸4年が過ぎ、私たちのまわりのほとんどの人が、私とヨシオがカップルであることを知っていた。

ある晩、私とヨシオは、高校の同級生を中心とした仲間たちと新宿で飲んでいた。

私たちは、飲むとみんな理屈っぽくなる。いわゆる議論好きが多いのだ。その主な理由ははっきりしている。高校時代の現国の担当だった佐藤先生の教育の賜《たまもの》なのだ。

佐藤先生は授業中、教科書を一切使わず、自分が用意した課題について生徒ひとりひとりに考えさせ、ひたすら意見を言わせた。佐藤先生の教えはたったひとつ——自分はどう思うか自分で考え、自分の言葉で意見を言え——これだけだった。私たちはみんな、佐藤先生の影響を強く受けて青春時代を過ごした。その教えが私たちに染みついていた。

その日も、それぞれに酒が十分にまわって調子が出てきた頃、ちょっとした議論が始まった。議題は、ヨシオと私がなぜ結婚しないのかというもの。ここのところ、みんなが集まると、その話題がしょっちゅう繰り返されていた。

「で、結局、ヨシオはなんで西園寺と結婚しないって言い張ってるんだっけ」

先陣を切ったのは、マルちゃんだった。だいたいこの話題で鋭いツッコミをいれてくるのは、女性の方が多かった。

「西園寺に限らず、オレは誰とも結婚はしないの。結婚したって、いいことなんか別にないし、第一、オレ、金ないでしょ。オレのレベルの貧乏生活に、この人が耐えられるとはとても思えないし」

「えーっ、そんなことないんじゃないの？　西園寺はそんなにヤワじゃないと思うけどね」

すかさずマルちゃんが反論。すると、ヨシオが続けた。

「それにさあ、オレはやっぱり自分の時間がほしいし、自分だけの空間がほしいわけ。いまの稼ぎのまま結婚したら、どちらもなくなっちゃうでしょ。だいたいオレ、これ以上は働きたくないし」

ヨシオの言い分は、なかなか結婚したがらない若い男がよく言うそれとほぼ同じだった。ただし、20代の男が言うとそれほど違和感はないものの、35にもなった男が言うと、さすがにちょっと、情けなくも聞こえるセリフではあった。

「だけどさあ、一緒に住んだ方がお金かからないと思うけどなあ。よく言うじゃん、ひとりじゃ食えなくても、ふたりなら食えるって」

マルちゃんが返すと、安田君の奥さんが話に入ってきた。

「私もそう思いますね。それに、なんなら、ヨシオさんが西園寺さんちでお母さんと西園寺さんと一緒に住んだらいいんじゃないですか。西園寺さんのお母さんだって、ふたりはいつになったら結婚するんだろうって心配してると思いますよ」

「そうそう。そうだよ。ヨシオがムコに入ればいいんだよ」

安田君の奥さんの提案に、すかさずマルちゃんが乗ったが、ヨシオはすぐさま否定した。

「オレの稼ぎでそういうわけにもいかないでしょ。居候じゃないんだから、もし一緒に住むなら、毎月それなりのお金を入れなきゃおかしいでしょ」

つきあって4、5年が経ち、年齢も35歳ともなると、こんな風に、結婚問題でヨシオが仲間たちからつるし上げをくらうことが多くなった。でもそんなとき私は、たいていニヤニヤしながら話を聞いているだけで、自分から積極的に発言することはあんまりなかった。ヨシオがさらに続けた。

「だいたいさあ、キミたち、なにを心配してくれてるのかわからんけど、オレはちゃんと自分の愛と正義のもとに、西園寺を幸せにしてるからね。とにかくいまは、結婚するよりしない方が西園寺を幸せにできると思ったから、そうしてるわけ。いいじゃん、それで」

「ふ～ん。どうなんでしょうか、西園寺さん。あなたはどうなの、結婚しなくて本当にいいの？」

マルちゃんが、私にふってきたので、私は自分の考えを口にしてみた。

「そうねえ……。気持ち的にはしてもしなくてもいいけれど、社会的にはした方がいいと思ってるかな。いい年して結婚していないと、なんか、半人前みたいに思われるというか、中途半端というか、そんな感じがするから。ただ、この人がこんなにしないって言ってるのに、無理にしようとまでは思わないというか……」

「う〜む〜。そうなのぉ？」

マルちゃんはいまひとつ納得のいかない様子だったが、安田君の奥さんが言った。

「なるほどねえ。西園寺さんが結婚したいと思っていないんだったら、確かに、しなくたっていいのかもしれませんね。ただし、もし、西園寺さんがしたいと思っているんだったら、やっぱりした方がいいとは思うけど」

その日の結論は、なんとなくまとまった感じになって、とりあえずその話題は終了した。

私は、ヨシオがみんなの前であんなに堂々と「オレはちゃんと西園寺を幸せにしている」と言っているのを聞いて、女として悪い気はしなかった。悪い気がしないということは、ヨシオがちゃんと私を幸せにしてくれている証拠なんだろう。

だけど、本当のことを言うと、やっぱり、私は結婚はしたかった。とはいえ、安田君の奥さんの提案のように、ヨシオがムコ的立場で家に入るのは、気乗りがしなかった。結婚するなら、せめて新婚の間だけでも実家を出て、母親から解放されたかったからだ。

だからといって、ヨシオのいまの収入で折り合いがつく安くて狭いアパートにふたりで住むというのは、かなり勇気のいることだった。

かつて、私がヨシオの風呂無しアパートを楽しめたのは、それが〝新婚〟ではなく、〝新婚気分〟だったからだ。あそこがふたりで住んでいる場所ではなく、ふたりで遊べる場所だったからだ。節約できる献立を考えるのが楽しかったのも、狭い部屋に無理矢理布団を敷いてヨシオと一緒に寝るのがうれしかったのも、それが本当の私の生活ではなかったからだ。別にそのときそう思ってはいなかったけれど、いまになって思えば、そういうことだと気づいた。ヨシオの「オレのレベルの貧乏生活に、この人が耐えられるとはとても思えない」という発言は、ある意味当たっていたわけだ。

それでも不思議なことに、私はヨシオに早くどこかに就職してちゃんと普通に稼げる男になってほしいとは、あんまり思わなかった。フリーライターになって「自分の分は自分で稼ぐ」と思うようになった私は、ヨシオに食わせてもらいたいとは思っていなかったし、ヨシオが普通の会社員なんかになってしまったら、ぜんぜん面白くないと思っていた。

それよりは、どうせなら、もっと絵に力を入れてほしかった。そしてできることなら絵で有名になって、絵で稼げるようになってほしかった。それはもはや、35歳になる男女が抱く夢ではなかったかもしれないけれど、私はいつかヨシオがなにか大きなことをやらかしてくれるんじゃないかと、心の奥では期待し続けていた。

女37歳、駆け込み初産ラッシュ！

ヨシオと私に結婚を勧める人は、私たちのまわりにたくさんいたが、私のごく身近なところにもひとりいた。母親である。

ヨシオが私の家へひとりでやって来る機会が増えて、母親は私とヨシオがつきあっていることを確信していた。その件について、母と娘はお互いに言葉で確認し合ったことは一度もなかったけれど、もはや、それは暗黙の了解になっていた。

うちの母親は、もともと「女の幸せは結婚で決まる」と思っている古いタイプの人だった。そして、「女の幸せは金で決まる」とも思っているところがあって、私を金持ちの家の息子か、甲斐性のある男と結婚させるのが、彼女の夢だった。実際、私が20代の後半で秘書課に勤めていた頃、私を見合いさせようと必死になった時期もあった。

ところがどっこい、娘は自分が願うような人生をまったく歩んでくれず、よりによってフリーターの彼氏を作ってしまった。彼女の夢は、無惨に破れ去ったのである。

それでもさすが母親だけあって、うまくやってそうな娘とその彼を見て、「まあ、これはこれで仕方ないか」と諦めたようだった。それならそれで、ふたりともいい年なんだから結婚すればいいじゃないかと思ったわけである。親としてはごもっともな理屈である。

「あんた、要するにもう、あの人以外とは結婚する気ないんでしょ?」

あの人とは、ヨシオのことだ。私は面倒なので、だいたいこんな風に応えていた。

「あの人だろうと、どの人だろうと、当面、誰とも結婚する気はありません」

「なんでよー」

「別に、なんでということはありません」

「あんた、もう見合いする気ないんだったら、あの人と結婚したら?」

「だから、しないと言っているんです」

私としては、母親にこの話題で腹を探られるのは、かなりイヤだった。

ところで、なんにつけてもほとんど意見が合わない母と私だったが、ひとつだけ強く意見が一致することがらがあった。それは、〝子供ギライ〟ということだ。

私は中学生の頃から、筋金入りの子供ギライだった。まあ、人間なので、おとなしくて子供らしいいい子に出会うと、まれに「かわいい」という感情を抱くこともあったけれど、街で騒いでいるガキなどを見ると、後ろから蹴り倒してやりたくなるぐらい、子供が嫌いだった。それは母親も同じで、街で見かけたしつけのなっていないガキとその親の悪口を言うときだけは、私たちは意気投合して、異常に盛り上がった。

そんな調子だったので、「人の子供と自分の子供は違う」とは言うものの、私は生まれてこの方、子供がほしいと思ったことは一度もなかった。母親にしても、「孫の顔が見たい」などと言ったことは、一度もなかった。

類は友を呼ぶということわざ通り、私のまわりには、私ほどではないにせよ「子供はそんなに好きではない」という女子が多かった。そのせいなのか、35歳を過ぎても、私の親しい友人で子供がいるのは、大学の後輩で司法書士になったミサただひとりだった。同い年の友人たちも、会社のひとつ先輩の三山さんも、みんな結婚はしていたけれど子供はいなかったし、それほどほしがっている様子でもなかった。

ところがある晩、いつものようにマルちゃんと長電話をしていたら、彼女がほろっと、思いがけない言葉を口にした。

「最近さあ、あたし、つくづく子供がほしくなったなって、思うんだよね」

「えーっ、そうなの？　つい最近まで、仕事もしたいしまだまだいろいろやりたいことがあるから子供は当分いらないって言ってたじゃん。急にまたどうして……」

私はつい正直な反応で返してしまったが、考えてみれば、私たちにはもう出産年齢のリミットが迫っている。結婚しているマルちゃんが、そろそろ子供を産まなければと思わない方が、むしろ不自然なことかもしれない。

やがてマルちゃんはめでたく妊娠した。37歳だった。子供嫌いの私だったが、仲良しのマルちゃんの子供には、ちょっと会ってみたくなった。


その後は不思議なもので、まるで申し合わせたかのように、親しい友人から次々と妊娠のお知らせが飛び込んできた。そして、それまでたいして子供をほしがっていなかった私の友人たちは、そろいもそろって37歳前後に、続々と妊娠・出産を果たしていった。

みんなはなぜあんなに急に子供がほしくなったのだろうか。私には、女の本能の成せる業としか思えなかった。もしもそうだとしたら、いつの日か、こんな私でも急に子供がほしくてたまらなくなることがあるのだろうか……。そう思うと、なんだか恐くなった。

当然のことながら、ヨシオは結婚はもちろん、子供を作る気もさらさらなかった。彼は私と違って子供が嫌いではなかったけれど、働くのがイヤで、自分の時間と空間がほしいというヨシオが、自分の子供を持つ気などあるはずがなかった。

そこで私は、手遅れにならないうちに、一生子供を産まなくていいのかどうか、とにかく一度しっかり自分の気持ちを確認しておく必要があると感じた。私は真剣に自分に何度か問いかけてみたけれど、積極的に「ほしい！」と感じたことは、ついに一度もなかった。

ヨシオみたいな息子ができたら面白いかもしれないな、とは思ったけれど、自分みたいな娘が生まれるかもしれないと思ったら、心底、ぞっとした。

ただ私は、自分が子供を産む機能を持っているのに、それをまっとうせずに終わるであろうことには、一抹のさびしさを感じていた、子供そのものはさておき、妊娠・出産という女の人生の一大イベントを体験せずに終わることが、さびしかったのだ。

そんなことを考えていたら、ふと、となりでへらへら笑いながら酒を飲んでテレビを見ているヨシオに、私はイヤミのひとつも言ってやりたくなった。

「最近はマルちゃんも、三山さんも子供ができちゃって、なかなかみんな遊んでくれなくなっちゃったんだよねー」

「おやおや？　もしかして、マキちゃん、それは、僕にイヤミを言っているのかな？」

「そうでーす。イヤミでーす。私ももう、いよいよ産めない年になってきましたからね。その点はあなたにもちゃんと認識しておいてもらった方がいいと思って」

「えーっ、まだまだ大丈夫だよぉ」

「大丈夫じゃねえっつーの。だいたい、あんた、この先も子供作る気ないんでしょ？」

「まあ、それはそうだけどぉ……。でも、先のことはわかんないじゃん。……なによ、マキちゃん、本当に子供ほしいわけ？」

「別にほしいわけじゃありません！」

「なーんだ。じゃあ、いいじゃん、別に。これからもふたりで仲良く生きていこうよ〜」

こんな調子のヨシオには、イヤミなんて言っても、まるで無駄なのであった。

ウエディングドレスと結婚指輪

それ以降、私が子供を産む・産まないについて本気で悩むことはなくなっていった。

が、結婚についてては別だった。やっぱり私は、結婚はしたかったのだ。

友達の前では、いかにも平気そうな顔をして見せていたけれど、ヨシオとふたりだけのときに酔っぱらってぶうぶう文句を言ったことは何度もあった。途中で泣いてケンカになったこともあった。でも結局はいつも、「結婚したら面倒が増えるだけじゃん。このまま仲良くやっていこうよ～」というヨシオにほだされるばかりだった。

平成15年（2003）、38歳になろうという年になっても、働くのが嫌いで、結婚せずに気ままに楽しく暮らしていきたいというヨシオの生き方が変わる気配はまったくなかった。ヨシオと別れる気がないのなら、結婚はとりあえず諦めざるを得ないのだと悟りつつあった私は、とにかく一度、なぜ自分が結婚したいのか、よくよく考えてみることにした。

その結果、たどりついた理由は、おもに3つあった。

ひとつめ……プロポーズされてみたかった。

私はこれまでずいぶんいろんな男とつきあってきたのだけれど、誰からも「結婚しよう」と言われたことがなかった。さらにヨシオとつきあう前が不倫だっただけに、「もしかすると、私は男に結婚したいと思われない女なのかもしれない」と感じていたのだ。

そもそも日本において、結婚したがるのはたいがい女のほうだ。ヨシオに限らず、男はそれほど乗り気でない場合が多い。実際、結婚したがっている若い男なんて、私は見たことがない。それでも男たちは、彼女ができて、彼女が結婚したがっているのを見ているうちに、「オレもそろそろ身を固めるかな」なんて考えるようになるのだ。つまり、女たちが寄り切って、男たちに結婚を決心させているのが、結婚の実情なのだ。

そう考えると、つきあっている男に結婚を決心させられない女は、女として失格というか、負け犬というか、そんな感じがどうしてもしてしまうのだった。だからこそ私は、ヨシオに「結婚しよう」と言わせてみたかったのだ。そして、その言葉で、ひとりの男に心から愛されている女としての自分を、実感したかった。

だがしかし。よく考えてみると、「結婚しよう」と言われずとも、すでに私はヨシオに心から愛されていると実感できるようになっていた。なぜならヨシオ自身、私と結婚しないことにまったくなんの後ろめたさも感じていないわけではなかった。だからこそ彼は、金のかかることはできないものの、できる限り私を喜ばせようと、いつも必死にがんばってくれていたのだ。

ヨシオは、私が「会いたい」と言えば、暑い日も寒い日も、雨が降っていても、疲れていても、眠くても、自転車を飛ばして会いに来てくれるし、私が愚痴や泣き言を言うときは、必ずちゃんと話を聞いて元気づけてくれた。

テレビやパソコンの調子が悪いと言えば、できるだけ早くかけつけて直してくれたし、母親が足を折ったときは、彼女をおんぶして近くの病院まで連れて行ってくれた。

「お腹がすいた」と言えば、私の好きな肉まんやポテトチップをコンビニに買いに行ってくれるし、肩が凝っていれば、すかさず指圧してくれるし、精神的に落ち込んでいれば肩を抱き寄せてずっと頭をなでてくれる。

「あそこに行きたい」と言うと、たいがいどこでも一緒に行ってくれるし、クリスマスにはケーキを買ってきて楽しい夜を演出してくれるし、誕生日にはそこそこのお店をちゃんと予約して連れて行ってくれる。特に今年は私が大好きな金魚の油絵を描いてプレゼントしてくれた。

その上、私がお礼を言うと、「マキエの幸せはオレの幸せ！　マキエが笑っているところを見るのが一番幸せなの！　だからいいの！」と言って、いつもニコニコ笑った。その笑顔を見ると、私は実際、心から幸せを感じることができたのだ。

2つめ……一緒にいる時間がほしかった。

これについては、結婚してもしなくても、すでにそれほど変わりない状況だった。なぜなら、最近私たちは、ヨシオの部屋か私の部屋で3日に2日は会っていたからだ。週末などは夜中まで一緒にいることが多いので、働いている時間と寝ている時間以外は、ほとんどいつも一緒にいる。つまり、結婚している共働きの夫婦とあんまり変わらなかった。いや、ヨシオがフリーターの分、普通の夫婦より一緒にいられる時間はむしろ長かった。

3つめ……結婚式がしてみたかった。

やっぱり私も、女に生まれたからには、一度はウエディングドレスを着て、みんなにきれいな自分を見せびらかして、祝福されてみたかった。それは、普通の女の子が、普通に抱く、ごくごく普通の夢である。よーく正直に考えてみると、私が結婚したい理由は、実はこの3つめが一番でかいような気がしてきた。

さらに、ここに、もうひとつの問題が浮上した。それは「ウエディングドレスを着られる年齢にも、限界がある」ということだ。私は40歳が近づくにつれて、肌や身体の線など、自分のルックスに衰えを感じ始めていた。きれいなウエディングドレスを着こなすなら、いまが限界なのだ。

というわけで、「私が結婚したい理由」を精査したところ、いま現在、果たしておきたい最大の願望は「ウエディングドレスを着てみたい」という、案外他愛のない結論にたどりついた。それは、まあ、他愛がないと言えば他愛がないが、女の夢と言えば女の夢でもある。そしてとにかく、その夢を果たすにはタイムリミットがあった。そのことこそが、私が解決すべき、目下の問題だったわけだ。つまり、この結論を逆から言うと、「ウエディングドレスさえ着ておけば、結婚は当面しなくてもいいじゃないか」ということになる。

そこで私は、ある晩ヨシオに、自分がそうした結論に至った経緯を、説明して聞かせた。

「だからね、とりあえず結婚そのものはしなくても、とにかくウエディングドレスを着て、その姿を写真か何かに残しておきたいわけですよ。私が少しでも若くてきれいなうちにね。そう考えると、この1、2年が限界なわけ」

私の話を聞いていたヨシオは、「ふむふむ」「なるほど」という反応を示した。

「よしっ、話はわかった。使える金には限界があるが、マキエの要望を、できる限り叶えることにしようじゃないか」

ヨシオのOKをもらったあとの、私の行動は実に迅速だった。さっそく、インターネットで格安の、それでいてデザインの良いウエディングドレスを探し出し、それに合わせてベールや髪飾り、手袋、靴などの小物を買いそろえた。ドレスが約3万円、そのほかが全部で約3万円弱。さらに、撮影用にビデオカメラまで購入してしまった。

ドレス姿をビデオで撮影するとなると、それなりに広い場所が必要になる。というわけで、私はホテルのスイートルーム格安プランを検索して、横浜にある、山下公園沿いのホテルを予約することにした。普通は1泊1室15万ぐらいする部屋だったが、そのプランでは4万円。つまり、1泊ひとり2万円で泊まれることになっていた。

私がどんどん計画を進め、ヨシオがそれを了承していく中で、ひとつだけヨシオから言い出したことがあった。

「じゃあさあ、せっかくだから、その日、指輪の交換をしようか」

「えーっ、どうするの？　買うの？　ねえ、買うの？」

「うん。それは、オレが用意しよう。まあ、オレが買えるヤツだから、高いものは買えないよ。それでもいい？」

「うんっ」

私はうれしかった。安物だろうがなんだろうが、指輪そのものよりも、ヨシオから結婚指輪を用意すると言い出してくれたことが、なによりうれしかった。

こうして、ウエディングドレスが着たいという私の願望を叶える計画は、着々と進行していった。そして、日どりは、私の38歳の誕生日の前日に決定した。

迎えた当日。私はウエディングドレス一式が入った大きな荷物を引きずって家を出ると、まず、近所の美容室に行き髪をアップにしてもらった。それから花屋に行って、頼んでおいた白いバラのブーケを受け取り、ヨシオと待ち合わせをしてホテルへ向かった。

ホテルのスイートルームは、思った以上にゴージャスな部屋で、入った途端、私とヨシオは興奮して小躍りしてしまった。リビングルームにはバーコーナーがあって、立派なソファと大理石のテーブルがどーんと置かれ、窓の向こうには横浜の港が広がっていた。

ひと息つくと、私はひとりで豪華なパウダールームにこもって、メイクを直し、ウエディングドレスを身につけていった。ヨシオはヨシオで、一張羅《いっちょうら》のスーツに着替えて、カメラやビデオをスタンバイし、私の支度が終わるのを待っていた。

「じゃーん！」

花嫁姿になった私は、ヨシオの前に立った。

「わぁーっ、すごーい！　マキちゃん、きれいだよーっ」

ヨシオが用意しておいたビデオの録画スイッチをオンにして、私たちの、ふたりだけの結婚式が始まった。

「それでは、指輪の交換です！」

ヨシオは薄いピンク色のリングケースを取り出すと、私の前で、パカッとフタを開けて見せてくれた。

「シルバーだから安物。でも、内側に、オレとマキの名前がそれぞれ彫ってあるんだよ」

そういうと、ヨシオがリングをひとつ取って、私に見せてくれた。男性用の大きい方のリングの内側には、MAKIEという刻印が見えた。

ヨシオは女性用のリングを用意し、私の左手を手に取って、ゆっくり薬指にリングをはめてくれた。私もヨシオの手を取り、男性用のリングをヨシオの左手の薬指にはめた。

「それでは、誓いのキスです！」

ヨシオはそう言って、そっと私のベールを上げると、ゆっくりキスしてくれた。

「ふたりの未来を祝して、かんぱーい！」

私たちは用意してきたシャンペンをグラスに注ぎ、一気に飲み干した。

そのあと、ヨシオはスチールカメラで、私のドレス姿をたくさん撮影してくれた。

私たちは、部屋が夕日に染まるぐらいの時刻まで、音楽に合わせて抱き合って踊ったり、シャンペンを飲んだりして過ごした。

私は念願のウエディングドレスが着られたこと、たくさん写真が撮れたこと、ヨシオが指輪を買ってくれたこと、その指輪をこれからはふたりともずっとしているということに、大いに満足していた。

ただ、正直に言ってしまうと、私は〝結婚式ごっこ〟をして遊んでいるような気分で、そこに深い感動はなかった。

結婚って……

ヨシオのひとこと

オレはやっぱり自分の時間がほしいし、
自分だけの空間がほしいわけ。
いまの稼ぎのまま結婚したら、
どちらもなくなっちゃうでしょ。
（p.73）

マキエのつぶやき

つきあっている男に
結婚を決心させられない女は、
女として失格というか、負け犬というか、
そんな感じがどうしてもしてしまうのだった。
（p.84）

ヨシオのひとこと

とにかくいまは、結婚するよりしない方が
西園寺を幸せにできると思ったから、
そうしているわけ。
いいじゃん、それで。
（p.75）

マキエのつぶやき

ウエディングドレスさえ
着ておけば、
結婚は当面しなくても
いいじゃないか。
（p.87）

男はなかなか結婚したがらないし、
女はさっさと結婚したがる。
ヨシオとマキエの場合も結婚についての考え方が
食い違っていたけれど、「疑似結婚式」をすることで、
お互いの妥協点を見出すことに成功した。

3章

仕事と夢と、オレの生きざま

火事はビンボー人を救う？

平成15年（2003）の春にふたりだけの結婚式をしたことで、私とヨシオの関係は、ある意味、すっかり安定した。

まず、お互い、「いま、やれるだけのことはやった」という達成感があった。私にとって結婚したい最大の理由になっていた〝ウエディングドレス問題〟はいちおうの解決を見たし、ヨシオが買ってくれた結婚指輪（シルバーの安物ではあったけれど、素敵なデザインだった）をお互い普段からすることになったのも、私の結婚願望を落ち着かせるのに予想以上に役立った。黙っていても、「我々にはそれぞれちゃんと相手がおります」と、世間に表明できるようになったからだ。

ヨシオはその後、ふたりだけの結婚式のことを「結ぽん式」と呼ぶようになった。その理由は、「結婚式のようで結婚式ではないけれど、結婚式に近いものだから」であった。

結ぽん式のあと、比較的平穏な日々が続いていたが、ヨシオの生活は、決してラクなものではなかった。鈴木先生の研究所のバイトに変動はなかったけれど、イラストの仕事が不定期になってしまったからだ。数ヶ月単位であったりなかったりで、すでに定収入としてはあてにできない状況だった。

こうしてヨシオの経済状況が厳しくなりつつある中、ひとり暮らしを始めてかれこれ7年経つヨシオのアパートでは、家財道具の老朽化が始まっていた。ビンボーに慣れているヨシオは少々の劣化などまったく気にしなかったけれど、中学生の頃から使い続けているというベッドのマットレスは、横になるとからだが深く沈んでしまい、瀕死の状態だった。

「ベッドも買いたいんだけど、近頃、夜、冷蔵庫からへんな音がするんだよ〜。もし壊れたら冷蔵庫は買わないわけにいかないじゃん。そう思うと、いまベッドは買えないのさ」

「冷蔵庫ねえ……。確かに、高そうだねえ」

「それにDVDレコーダーも調子が悪くて。いつ壊れてもおかしくない状況なんだ。まあ、オレにしちゃあ贅沢品だけど、オレ、テレビ好きだからさ、やっぱ、あれはないと困るんだよ。でもな〜、安くても3万ぐらいはするからな〜。うーん」

「貯金で買ったらどうなの?」

「それはダメ。貯金はいざってときのためにあるものだから。それに手をつけ始めたら、キリがないからね。貯金は無いものと思って生活しないと」

「じゃあ、どうするの？」

「これから少しずつ、新たにベッド貯金と、家電貯金を始めて、お金が貯まったら買う」

「貯まるまでどれくらいかかるの？」

「そうさねー。毎月2、3000円が限界だろうから、それぞれ1年ずつ？」

「……がんばってね（笑）」


平成16年（2004）の冬、ビンボーながらもそれなりに安定した生活を送っていたヨシオを予期せぬ災難が襲った。

その日、私が仕事の帰りに夕方の電車に乗り込むと、しばらくしてPHSに電話が入った。ヨシオからだった。車内なので出ないでいると、しばらくして今度はメールが入った。

「アパートが火事。1階から出火。とりあえず無事」

文面に驚いた私は、電車を降りると、すぐにヨシオのPHSに電話をかけた。

「もしもし!?　大丈夫!?　まだ燃えてるの!?」

「いや、もう消えてる。っていうか、実際燃えたのは1階だけで済んだみたい。でも、さっき消防署の人に無理言って中に入れてもらったんだけど、部屋の窓側半分はかなりひどい状態。水びたしだし、消防署が土足で入って窓とか壊してるから」

「とにかく、すぐ、そっちに向かうわ」

早稲田の駅についた私は、ヨシオと待ち合わせして、アパートへ向かった。1階の倉庫で作業していた人がストーブをつけたまま帰ってしまい、それが火事につながったらしい。ヨシオはその日、朝から研究所のバイトで、大家さんからの連絡で駆けつけてみると、すでに火はほぼ消えていたという。

私たちがヨシオのアパートがある路地に近づくと、すでにきな臭い臭いが漂ってきた。

「消防署が立ち入り禁止にしちゃったから、部屋の中には入れないよ」

そう説明するヨシオのあとをついていくと、見慣れたアパートの1階部分は黒こげ、2階も窓が割れ、壁が部分的に黒く変色していた。そしてあたりは、水びたしだった。

「パソコンやテレビは大丈夫だったみたい。ベッドは完全にダメだけど」

「そうかあ……まあ、良かったねえ、比較的、被害が少なそうで……」

「そうだねえ。でも、それより、大家さんが、もうアパート壊すって言い出すかもしれないと思って。そうなるといろいろ面倒だから、オレはそっちの方が心配だよ」

大家さんがアパートをどうするつもりかは、まだまったくわからなかった。とにかく、ヨシオはしばらく、お兄さん一家とお母さんが住む家で、寝泊まりすることになった。

ヨシオが火事に遭った話は、すぐに友達中に知れ渡り、話を聞いたマルちゃんが、さっそく私に電話をかけてきた。私がことの次第を話し、ヨシオが無事で、比較的被害が少なかったことがわかると、マルちゃんは言った。

「そうかー。被害が少なくて良かったけど、これで、さすがにヨシオも潮時だねえ」

マルちゃんの言う〝潮時〟とは、この機会に、ヨシオはだらだらとフリーターを続けて安いアパートに住む暮らしからは脱却すべき、という意味だ。いいかげん結婚して私と一緒に住んだらどうだ、という意味も含まれている。マルちゃんがそう言いたくなるのはわからんじゃないし、私の中にもマルちゃんと同じような気持ちがないわけでもなかった。

ところで、人が火事に遭遇すると、社会的にはどういうことが起きるのか。

まず、新宿区の人が、早々とお見舞い金とお見舞いセットを持ってやって来た。お見舞い金はなぜか、非常に中途半端な1万数千円。そしてお見舞いセットには、毛布、タオル、石けんや歯ブラシなどの洗面用具や、簡単な救急セットなどが入っていた。

でも、自分で火災保険に入っていなかったヨシオは、それ以外、特にどこからも補償されなかった。日本の法律では、もらい火は賠償されないのだ。火を出した1階の人は、ヨシオと顔を会わせたときに謝り、「あとでちゃんとします」と言ったらしいけれど、結局、その後アパートを引き払い、それっきりになった。それでもヨシオは、「謝ってたし、別にいいよ。わざとじゃないんだから」と、いたって寛容だった。

さて、大家さんのほうは、ヨシオの予想に反して、アパートを修理し、1、2階とも今後もそのまま使えるようにする予定だと連絡してきた。こうして結局、ヨシオはダメになった家財道具を買い換えれば、その後も、アパートに住み続けられることになった。

ダメになってしまった家財道具は、ベッドとそこで使っていた寝具一式、窓にかかっていたカーテン、畳の上に敷いていた敷物、あとは何枚かの衣類だけだった。

とはいえ、これらを一度に全部買い換えるのは、ヨシオにとっては大きな出費になる。いくら区が1万数千円くれたからといって、それだけではまかないきれない。ヨシオも、「まあ、こんなときぐらいは、貯金を使うしかないでしょ」と言っていたのだけれど……

持つべきものは友であった。

「火事に遭ったヨシオ君のために、みんなでカンパをしよう！」

というメールが友人たちの間を飛び交い、後日、約5万円ものお金が友人一同からヨシオに送られたのである。これに、私からのお見舞い金1万円、それに新宿区からの見舞金1万数千円、さらに、大家さんがアパートを修理する間の家賃をおまけしてくれたので、浮いた家賃が2万、というわけで合計9万ちょっとものお金がヨシオの臨時収入となったのである。

ヨシオは、カンパの呼びかけ人であるマルちゃんからお金を送られ、「こんなにもらうわけにはいかないよ」と困惑気味だったが、受け取らないのもどうなんだ、という話になって、ありがたく頂戴していた。そしてそのお金で、ヨシオはベッドと寝具一式、カーテンを買い、壊れかけていたＤＶＤレコーダーまで新品に買い換えることができて、その上、数万円のお金が手元に残った。

さらに、今回の火事の被害者であるヨシオを不憫《ふびん》に思ったのか、大家さんが、それまで和式だったヨシオの部屋のトイレをこの機会に洋式にリフォームしてくれることになった。

というわけで……。マルちゃんと私に「ついにヨシオの潮時が来た」とまで思わせたアパートの火事は、ヨシオの部屋の畳や壁紙などがすべて以前よりきれいになり、そこに新しい家財道具が運び込まれ、トイレには真新しい洋式便器が用意され、すっかり前と同じ状態、いや、前よりもいい状態になるという、予想外のエンディングを迎えた。これぞまさに〝焼け太り〟。部屋がリフォームされ、瀕死の状態に陥っていた家財道具が新品になったにもかかわらず、ヨシオの持ち出しはゼロという、まるで落語のようなオチがついた。

平成17年（2005）、日本は〝小泉劇場〟の真っ最中で、バブル崩壊以降、久しぶりにどこか浮かれ気味だった。日経平均株価も上り調子で、「聖域無き構造改革」のスローガンのもと、なんだか世の中が良い方向へ変わっていくような、そんな雰囲気だけが漂っていた。

そんな中で、あいかわらずフリーターとフリーライターをしながら結婚しないカップルを続けていた私たちは、ついに40歳の大台に乗った。大台に乗ったからといって、私もヨシオも、私とヨシオの関係も、別になにも変わらなかった。つきあい始めてから10年近く経ち、さすがにそれぞれ見た目が老けてきたものの、私たちはあいかわらず20代の男女のように、気ままな暮らしを続けていたのだ。

しかし、時間の経過というものは、そんなに甘いものではなく、私たちのまわりでは、静かにゆっくりと、そして確実に、さまざまなものが変わり始めていた。

たとえば、私たちに対する周囲の反応だ。私たちは、「なぜ結婚しないの?」とか、「結婚したら?」とか、もはや誰からも言われなくなった。それは、いつまでも結婚しないヨシオと私の関係やあり方が人々に認められたわけではない。ただ単に、人々にとって〝触れづらい話題〟になったのだ。

ヨシオがフリーターをしながら年に数枚の絵を描いて暮らしているのも、いい年をした男女が何年も結婚しないでいるのも、どうやら30代だからギリギリ許されたわけだ。そして、許されたからこそ、みんなでわいわい口出ししてくれたのであった。

非正規雇用者の現実と、四十男の就活

それから約1年が経った、平成18年（2006）。私がヨシオの部屋へ行く機会はだいぶ減り、もっぱらヨシオが私の部屋へやって来るようになっていた。私が出不精だからというのも大きな理由だが、それ以外にも理由はあった。

まず、私がヨシオの部屋へ行っても、結局最後にはヨシオが私を家まで送らなければならなかった。だったら最初から、ヨシオが私の部屋へ来た方が効率がいいというわけだ。私がちょっと料理をしたりするにも、我が家の方が食材や道具が充実していて飲み食いがしやすかった。そうした事情はなにもいまに始まったことではなかったけれど、なにぶんうちには母親がいたため、ヨシオがしょっちゅうやって来て飲み食いするのは、はばかられたのだ。あまり連続すると、母親が私にあからさまに嫌な顔をして見せることもあった。

でも、この頃になると、ヨシオは我が家ですっかり〝市民権〟を得ていた。ある日ヨシ

オが「お母さん、しょっちゅうおじゃましてすみません」と挨拶すると、「どうぞ、どうぞ。気にしないで好きなときに上がっていってください。あなたのことは息子のように思ってますから」と発言して、私を仰天させた。

母とヨシオの距離が縮まった理由は、母の親心もあったと思うけれど、やっぱりヨシオの人柄が大きかったと思う。1年ぐらい前から、たまにヨシオはときどき我が家の居間で、母と私と3人で夕飯を囲むようになっていた。鍋料理やお好み焼きをするのに、母親と私たちふたりが別々の部屋でやるというのも変だろう、というか、物理的に難しい、というのが最初のきっかけだった。

はじめの頃は母とヨシオは互いに緊張気味だったが、こういうとき、酒というのは便利なものである。もともと、そこそこいける口なのにほとんど飲まなくなっていた母親は、楽しそうにビールや日本酒を飲みながら食事をするヨシオに感化され、自分も酒を楽しむようになったのだ。酒飲みというのは、本当に酔っぱらってしまうとあれこれ問題を引き起こすが、ほろ酔いだと、場を明るく楽しいものにしてくれる実にありがたい存在だ。こうして、結果的に我が家の食卓は、私と母のふたりきりのときよりも、ヨシオも加えた3人のときの方が、会話と笑顔が多いものになっていった。

そんなある晩、ヨシオがいつものように私の部屋へやって来た。

「今日は、実は、良くない話があるのさ」

「なに？　どうしたの？　おうちの借金のこと？」

7年前に亡くなったヨシオのお父さんが残した借金は、お母さんとヨシオたち兄弟に振り分けられ、ひとりひとりが約1000万円ずつを背負う形になっていた。しかし、実家も処分してしまった野口家の人々は、もはや払うお金もなく、支払いが滞っていたのだ。

実は、ヨシオのアパートにも一度ほど借金の取り立てが訪ねてきたことがあった。でも、ヨシオが「僕、アルバイトしかしてないし、こんな状況なので、払おうにも払うお金がないんです」と言うと、わりとすごすごと帰っていったという。まあ、あのアパートを見れば、取り立てる努力をするだけ時間のムダだと、プロならすぐに判断できるだろう。

そして、最初の頃は何度か来ていた借金の取り立てや督促状は、年を追うごとに来なくなっていった。やがて、返済がストップしてから丸5年が経過し、野口家の借金の時効というものが成立する日が近づいていた。

「良くない話」と聞いて、とっさに私は、その借金の件が覆ったのではないかと心配になったのだ。だが、ヨシオの悪い知らせというのは、確かにお金の問題ではあったけれど、借金とはまったく関係がなかった。

「うちの借金の方は、たぶんこのまま時効が成立すると思う。そうじゃなくて、オレの仕事のこと。どうやら、研究所のバイトが減らされそうなんだ」

鈴木先生の研究所のバイトといえば、フリーターであるヨシオにとって、長年にわたって収入の基盤だった。そのバイトが減らされるというのだ。

話を聞いてみると、その理由がひどかった。それは鈴木先生の判断ではもちろんなくて、研究所全体のアルバイト雇用に関する方針が変わった、ということだった。簡単に言うと、アルバイトの週の労働時間が制限されたのだ。

法律には「1週間の労働時間が正社員の4分の3以上、かつ、1ヶ月の労働日数が正社員の4分の3以上の場合、社会保険に加入させる義務がある」という決まりがある。研究所は、これに従うのがイヤだったのだ。それを避けるために、ヨシオに限らず、アルバイトの労働時間を減らそうというわけだった。

私は無性に腹が立った。確かに、そういうことは世間でよく起きていると聞いてはいた。それももちろん許されないが、研究所は公共の機関だ。にもかかわらず、こういう姑息なことを、組織単位で平然とやる。自分たちは公務員として賃金から社会保険から、なにからなにまで手厚く保護されておきながら、自分たちの仕事を低賃金で支えてきた人たちに対して、このやり口である。

だが、私があまりに怒り狂ったことに引いてしまったのか、ヨシオの方は、それほど腹を立てている様子でもなかった。

「まあまあ、落ち着いて。世の中だいたいそんなもんよ。まっ、バイトは所詮バイトだから……」

「だからって、ひどすぎないか？　だいたい鈴木先生も鈴木先生だよ」

「いや、鈴木先生のせいじゃないから。それに、『話がおかしいだろう』って、ずいぶん上にかけ合ってくれたみたいなんだ。でも、研究所全体の方針だからね」

「もうさあ、研究所の仕事なんかすっぱり辞めちゃえば？　改めて週4か週5のバイト探した方が絶対いいって。あとになればなるほど、仕事は見つかりづらくなるよ」

「うーん……まあねえ。ちょっと考えてみるわ」

だいたいヨシオは、英語も日常会話はＯＫだし、ワードやエクセルなんかも使いこなし、頭だって悪くない。確かに、ちょっと普通じゃないところはあるけれど、やるからには真面目にしっかり仕事をこなす男だ。もっといい仕事はいくらでもあるような気が私にはしていた。

こうして、41歳になるヨシオの、バイト探しが始まった。絵が描けて、美的センスもあるヨシオは、はじめはデザイン関係の仕事を探していた。しかしその場合、まず、年齢で引っかかった。経験ナシの場合、30歳か、良くて35歳ぐらいまでしか募集していない。40歳を過ぎている場合は、当然、「デザイン関係での実務経験」が必須だった。

そんなある日、ヨシオは、小さなデザイン関係会社の募集広告を見つけて、ちょっとうれしそうに私に言った。

「ねえねえ、この会社、『年齢、経験、一切問いません。なにより、人格を重視します！』って書いてあるんだよ。ちょっと応募してみようと思って」

「へー、いいんじゃない？　とにかく出してみなよ」

だが、やはり、案の定、最初の書類審査だけでヨシオは落とされてしまった。

しかし、ヨシオは引き下がらなかった。そして、私に言った。

「こっちも、そう簡単に諦めてばかりいられないからね。で、こんなメール出してみたんだけど、どう思う？」

「どれどれ……」

見ると、そこにはこんなことが書かれていた。「御社の採用基準が人格重視ということであるならば、会うだけ会ってみるべきではないでしょうか。本人に会わずに、書類だけで人格を判断できるものなのでしょうか。私はそうは思いません……」。

「うーん」

私は、唸《うな》ってしまった。ヨシオの言い分はもっともだけれど、こういうメールが送られてきて、会う気になる会社はあるだろうか？　まあ、ないだろう……。会社相手に、こんな真っ向勝負でぶつかってみたところで、〝面倒な人〟と判断され、書類選考で落とされるのがオチだ。会社で働いた経験が極端に少ないヨシオは、やっぱり世間知らずと言わざるを得なかった。そんな私の気持ちが伝わってしまったのか、ヨシオは言った。

「やっぱり、こんなメール出しても、ムダかしら」

「うーん」

私は、やっぱり、唸るしかなかった。

ところが間もなくして、ヨシオに新しいバイトが見つかった。といっても、とりあえずは不定期で、たまに仕事があれば呼ばれていくというバイトだった。それは、パソコンのメンテナンス関係の仕事で、得意先を訪れ、古くなった一部の部品を交換するという、素人でも何度か研修を受ければできる簡単な作業だった。しかも客先には、いつも会社の社員とふたりで行くことになっていたので、安心といえば安心だった。

後日、研修を終えたヨシオに、初仕事の日がやって来た。ヨシオは自分で丁寧に散髪し、職場の指示に従って、滅多に着ることのない白いシャツに黒いスラックスを履き、ネクタイをして仕事に向かった。

仕事を終えて帰ってきたヨシオは、それなりにオヤジ風に見えた。そりゃあそうだ。もう41なのだ。頭にはちらほら白いものが混じるようになっていた。私の部屋でネクタイをはずすヨシオに、私は聞いた。

「どうだった？」

「仕事そのものは順調ではあったが……。初日だからね、なんとも言えない」

ヨシオの反応は鈍かった。

「やっぱ、客先に行ってやる仕事だと、やりにくい？」

「いや、そうじゃなくて……。一緒に行く会社の人が多分30歳ぐらいなんだけど……お客さんがさ、その人じゃなくてなんでもオレに話しかけてくるんだよ。オレの方がどう見たって年上じゃん。だから」

結局、その会社からは、ヨシオに二度とお呼びがかからなかった。ヨシオの年齢が原因だったのか、ほかにヨシオになにか問題があったのかは、わからないけれど。

その後も、ヨシオは細々とバイト探しを続けていたが、なかなか仕事は見つからなかった。ただ、ときどきイラストの仕事が入ることもあって、その年はなんとか食いつなぐことができた。

年が明けて平成19年（２００７）。社会保険庁の年金記録がずさんだったことが発覚し、日本中が大騒ぎになっていた頃、ヨシオのバイト先である研究所が、いよいよもっておかしなことを言い出した。簡単に言うとそれは、「バイトは２ヶ月働いて、１ヶ月休んでください」というものだった。調べてみると、これも結局バイトで働く人に社会保険の該当者を出さないための姑息な手段だった。

バイトの人が社会保険の対象になるには、労働時間が正社員の４分の３以上というだけでなく、「契約が２ヶ月以上」という条件があったのだ。つまり雇用者側は、バイトの人に「２ヶ月契約にして、１ヶ月休ませる」、ということを繰り返させれば、彼らが正社員の４分の３以上働いていたとしても、社会保険の対象にしなくても合法的に許される、ということになる。なんてセコい話なんだろうか。私は憤慨した。

「あーっ！　もう黙ってられん。私が調べて記事にして、週刊誌かなんかに売り込んでやろうかしら」

「あはは。まあ、オレは止めはしないよ」

研究所内のバイトの雇用は、各研究室に任せられていたので、研究所の上層部の本音は、各研究室はもうバイトを雇うな、ということなのだろう。例によって、鈴木先生は研究所の上層部とケンカしてくれたようだが、鈴木先生だって、定年まであと数年の身、上に反抗するにも限界があった。

そうこうするうちに日々が過ぎていき、いよいよヨシオの先々が心配になってきた頃だった。ひとつの募集広告が私の目に留まった。

それは、とある公共団体が所有する運動場の監視員の仕事だった。年齢制限はナシ。時給は安いけれど、週3日でも4日でも可。そもそも金を稼ぐのが嫌いなヨシオにとって、公共の仕事は願ったりかなったりだった。しかも、その運動場は、ヨシオたちがよく野球の練習や試合をしているおなじみの場所だったのだ。ヨシオに募集広告を見せると、彼はすぐにその気になった。

「なるほど。これは、いいかもしれない。さっそく応募してみよう」

翌週、面接に行くと、ヨシオはあっさり採用になった。うまくいく話は、とんとん拍子に進むものなのだ。こうして42歳になったヨシオは、研究所と運動場の監視員というふたつのバイトを掛け持ちして、生計を立てていくことになった。

リーマン・ショックとフリーライター

ぽーにょ、ぽにょ、ぽにょ……。宮崎駿監督のアニメ映画『崖の上のポニョ』が大ヒットし、街中でテーマソングが流れていた、平成20年（２００８）夏。私たちは、43歳になろうとしていた。

ヨシオは研究室と運動場の監視員のバイトを掛け持ちし、たまにイラストの仕事が入ることもあって、まずまず安定した生活が続いていた。

私の仕事も、あいかわらず順調だった。ライターの仕事としては、ここ数年、出版系の仕事より広告系の仕事の比重が増えていた。特に、広告代理店を通して5年ほど前からかかわらせてもらっていたとあるレコード会社のホームページの仕事は、毎週更新ページがあり、内容といい、ボリュームといい、その頃の私の仕事の核となっていた。

そのほかにも、書籍の執筆や単発の仕事が年に数回確実に入ってきていたので、平成20年頃の私の年収は、おおよそ５００万円だった。単純に金額だけを見れば、サラリーマンの平均年収と比較しても、まあまあの稼ぎだった。

とはいえ、実際には、厚生年金も退職金もないし、社会保険だって全部自腹なのだから、実質的な総収入で考えれば、年収400万のサラリーマンよりも稼ぎは少なかっただろう。

フリーランサーになったばかりの頃は、そんなことはまるで気にしていなかったし、人から聞いてもあまり実感がわかなかったが、40歳を過ぎて、私はそうした社会の仕組みにようやく気づき始めていた。

とはいえ、あの頃、日本の景気は、わりあいと上向き傾向だった。日経平均で見ても、バブル崩壊後徐々に下がっていった株価は平成15年（2003）4月に7600円台まで落ち込んだが、その後はゆるやかな右肩上がりに転じていた。平成20年も、夏までは1万3000円前後で推移し続けていた。

事態が一変したのは、9月の半ば過ぎだった。

アメリカでリーマン・ブラザーズが破綻したというニュースを聞いたとき、私は最初、自分とはまったく関係のないことだと感じていた。しかし、それは実に甘い考えだった。まず、その年の10月、全世界的に株価が大暴落した。日経平均株価は一時7000円を割り込むところまで落ち込み、テレビではニュース速報が流れた。間もなくして、私と母親の名義で1年前にはじめて買った投資信託が約半額に暴落してしまった。投資信託だから売らなければ損は確定しないけれど、我が家の総資産のうちけっこうな金額が目減りしてしまったのは確かだった。

だがそれは、やがてやってくる本格的不況の始まりに過ぎなかった。

年が明けて平成21年（２００９）。私の耳に、とんでもない知らせが飛び込んできた。私の収入の基盤となっていたレコード会社のサイトが、突如、その年の3月いっぱいで終了することに決定したというのだ。リーマンショックの煽《あお》りを受けたレコード会社による、リストラ策の一環だった。

５年以上にわたって、毎月約20万円はそのサイトで稼がせてもらっていた私は、収入の激減をどうカバーすればいいのか、その対策方法がまったく頭に浮かばず、呆然とした。フリーライターになってから10年以上経ったいまになって、私に経験したことのない危機が訪れていた。

リーマンショックに端を発した不況の波は、私たちの生活にじわじわと影響を与え始めていた。世間では企業の倒産が相次ぎ、〝派遣切り〟や〝バイト切り〟が社会問題になっていた。自営業者の売上が減り、会社員の給料も下がり始めていた。

こうなってみて、私ははじめて自分が毎月いくらあれば暮らせるのか計算を始めた。就職してからというもの、自宅暮らしということもあって、自分がいくら稼げば生きていけるのか、真面目に考えたことがなかったのだ。

一方、ヨシオの方は、かかわっている仕事が両方とも公共事業だったせいか、不況とはあまり関係がないようで、ここへきてバイトが減らされるという話は、特になかった。

その晩、いつものように我が家にやってきたヨシオに、私は泣きそうな声で言った。

「例のレコード会社の仕事、やっぱり、ごっそりなくなることに決まったの。このままだと、本当にまずいかもしれない……」

「えーっ、大丈夫だよぉ。まあ、いままでより稼ぎは減るかもしれないけれど、またそのうち増えてくるって」

「そんなこと言ったって、私、これまで、ほとんど営業なんてしたことないし、今後、仕事のツテが広がる可能性がぜんぜん見当たらないんだってば」

私は一気にまくしたてた。

「それでね、昨日、自分がいくらあれば暮らせるか調べてみたんだけど、なんにもしなくても最低でも月に13万は必要なわけ」

「え～っ？　なんで？　なんでそんなにいるの？　自宅でしょう？」

「自宅ったって、うちの実質的な生活費は死んだとーちゃんの遺族年金とかーちゃんの年金収入だけだから、家に５万は入れないと顔が立たないのよ。この前までは毎月６万入れてたんだけど、１万減らして５万。国民年金と住民税のおおよそが合わせて２万。国民年金基金が約１万５０００円、個人年金保険が約１万円、医療保険が約２万円、家の電話代は私が払っているから約５０００円。ＰＨＳが約４０００円、ネットのプロバイダーが約４０００円。それに、ＷＯＷＯＷが私の部屋と居間のテレビで約３５００円。というわけで、合計13万円」

「ええと、国民健康保険は？」

「あー、実はそれはけっこう高いんだけど……。ここ数年は、うちのビルの上がりの中から出してもらってる……」

「ふーん。ま、いろいろビルのために働いているから、いいんじゃない？」

「うう……」

私は、恥ずかしさと先々への不安でうめき声を上げた。ヨシオが言った。

「ま、オレに言わせれば、医療保険とか、かけ過ぎじゃないの？」

「医療保険とか解約してさあ、そのあとでもしも入院したら、母親にバレるじゃん。それが一番困るの！　一番イヤなの！　私、友達やまわりの人にビンボーでたいして稼げない人間だって思われてもぜんぜんかまわないけど、母親にそう思われるのだけは絶対イヤなのよ！」

私が一番見栄を張りたい相手、それは、誰であろう、自分の母親であった。

さらに私は、もうひとつ気づいたことを口にしていた。

「バチだわ。バチが当たったんだわ……。いつもたいしてやる気もなく、与えられた仕事だけをこなしてきたバチよ。フリーライターのくせに、仕事に前向きなところが全然なくて、自分で企画を売り込んだこともほとんどないんだから……当たり前よね」

「うーん、いいんじゃないの？　別にそんなに前向きじゃなくたって。暮らせるだけ稼げば。それぐらいなんとかなるでしょ」

「その〝暮らせるだけ〟っていうのがクセものなのよ。いったいいくらあれば私は暮らせるのか。それって人によって違うけど、私はあなたほどのビンボーには耐えられません」

「まあ、そうだろうねえ。でも、多分そこまでビンボーにならないよ。そんなに心配しなくたって、また仕事は増えるときが来るから。まったくマキちゃんは心配性なんだから」

ビンボー生活をくぐりぬけてきて腹が据わっているのか、ヨシオは私の仕事のことはまったく心配していないようだった。私は、自分が心配性なのか、ヨシオが楽天的なのか、よくわからなくなってしまった。

話は終わり、私たちはテレビのバラエティ番組を見ながら酒を飲んでいた。でもその間も、私の頭の中では、毎月の支出金額と最低限見込めるギャラの金額がぐるぐるまわり続けていた。そしてふと、ヨシオが普通のサラリーマンで、私と結婚してうちに一緒に住んでいたら、私はかなりラクだっただろうなあと、想像してしまった。

その場合、私は自分のおこづかい分ぐらい稼げば生きていけることになる。そうなったら、ヒマつぶしと趣味で仕事をやっているようなものだ。

しかし、子供を育てているわけでもないのに、ひとりの人間がそんな生きざまでいいのだろうか……。そう考えると、私のようなナマケモノは、やっぱりある程度、自分で働かざるを得ない境遇にあった方がいいのかもしれない……そんなことが頭に浮かんでは消えていった。

だいたい私の場合、幸か不幸か、事実上、ヨシオに経済的に頼るという展開は生まれようもなかった。だから、自分の仕事といっそう真剣に向き合いざるを得なくなった。

平成21年の春から、私の収入は半分近くまで激減した。ビンボーになった私は、とりあ

料金受取人払郵便

神田支店
承　　認
8188

差出有効期間
平成26年８月
31日まで

郵便はがき

101-8796

511

（受取人）
東京都千代田区
神田神保町１－41

同文舘出版株式会社
愛読者係行

毎度ご愛読をいただき厚く御礼申し上げます。お客様より収集させていただいた個人情報は、出版企画の参考にさせていただきます。厳重に管理し、お客様の承諾を得た範囲を超えて使用いたしません。

図書目録希望　　有　　無

フリガナ		性　別	年　齢
お名前		男・女	才
ご住所	〒 TEL　（　　）　　Eメール		
ご職業	1.会社員　2.団体職員　3.公務員　4.自営　5.自由業　6.教師　7.学生 8.主婦　9.その他（　　）		
勤務先分類	1.建設　2.製造　3.小売　4.銀行・各種金融　5.証券　6.保険　7.不動産　8.運輸・倉庫 9.情報・通信　10.サービス　11.官公庁　12.農林水産　13.その他（　　）		
職　種	1.労務　2.人事　3.庶務　4.秘書　5.経理　6.調査　7.企画　8.技術 9.生産管理　10.製造　11.宣伝　12.営業販売　13.その他（　　）		

愛読者カード

書名

◆　お買上げいただいた日　　　　　年　　月　　日頃

◆　お買上げいただいた書店名　　（　　　　　　　　　）

◆　よく読まれる新聞・雑誌　　（　　　　　　　　　）

◆　本書をなにでお知りになりましたか。

1．新聞・雑誌の広告・書評で　（紙・誌名　　　　　　　　）

2．書店で見て　3．会社・学校のテキスト　4．人のすすめで

5．図書目録を見て　6．その他（　　　　　　　　　）

◆　本書に対するご意見

◆　ご感想

●内容	良い	普通	不満	その他（　　　）
●価格	安い	普通	高い	その他（　　　）
●装丁	良い	普通	悪い	その他（　　　）

◆　どんなテーマの出版をご希望ですか

<書籍のご注文について>

直接小社にご注文の方はお電話にてお申し込みください。宅急便の代金着払いにて発送いたします。書籍代金が、税込1,500円以上の場合は書籍代と送料210円、税込1,500円未満の場合はさらに手数料300円をあわせて商品到着時に宅配業者へお支払いください。

同文舘出版　営業部　TEL：03－3294－1801

えずは支出を絞ることで、その場をやり過ごすことにした。

実際には、実家に住んでいたのだから、本当のビンボーとまではいえないだろう。この不景気で私と同じように収入が激減し、それでも住宅ローンを払い続けたり、家族を養っている40代もたくさんいるはずで、それに比べればまだまだお気楽なものだった。

実家のオフィスビル業も、あいかわらず儲けは無いに等しかったとはいえ、少なくとも住む場所には困っていなかった。それはやっぱり経済的にはとても大きかった。

芸術家でないなら、もうちょっと稼げ！

その年の夏、衆議院選挙で自民党が歴史的大敗を喫し、ついに政権が民主党に移った。政権与党が変われば、すべては良い方向へと動き出してくれるんじゃないかという国民の淡い期待をよそに、政府が変わろうと、どこの誰が首相になろうと、日本は相変わらず不況のままで、私の生活もビンボーなままだった。

ある晩、いつものように私とヨシオは、酒を飲みながらテレビを眺めていた。その番組には、「カントク」と呼ばれているけれど、もう映画をぜんぜん撮っていない人が出演していて、映画についてあれこれしゃべっていた。するとヨシオが、なにげなく言った。

「この人、もう何年も映画撮ってないのに、いつまでもカントクって呼ばれてて、いやじゃないのかねえ」

その日のヨシオは、すでに酔っぱらい気味だった。世の中のあれやこれやについて、批判的な発言をし始めるのは、ヨシオが酔っぱらっている証拠だった。この男は今日もまた酔っぱらっているのか、そう思った私は、少々うんざりしていた。そして、そもそも自分のことで余裕が無くなっていたせいか、つい、こう言ってしまった。

「誰かとあんまり変わらないじゃん。絵描きだって言い続けて、ほとんど描かない人と」

ヨシオの顔色が変わった。

「……。去年は2枚描いたし、最低でも1年に1枚は描いてるんですけど」

「1年に1枚ねえ。でも、誰かに見せてるわけでもないでしょ」

「見せてないよ。だけど、失礼だな、あんた」

ヨシオは明らかに怒っていた。ヨシオが私のことを「マキちゃん」とか「マキエ」とか呼ばずに、「あんた」と言っているのは、本気で怒っている証拠だった。それはじゅうじゅうわかっていたけれど、私は、自分で自分を止めることができなくなっていた。

「だって、ほんとのことじゃん。少なくとも、まわりの人はそう思ってるって」

「まわりって誰だよ、あんたがそう思ってるだけじゃないの？」

「さて、どうですかねえ。マルちゃんだって、むーちゃんだって、クリさんだって、みんなもう、ヨシオのこと、絵描きとは思っていないと思うけど」

私は、自分が言っていることは本当のことだと思った。私たちは、確実に年をとった。私とヨシオが、フリーターとフリーライターとして、いろんな夢を引きずったままつきあい始めたのは、まだ31歳のとき。それからもう13年も経ったのだ。

本当は、私もそのことは、ずっと気になっていた。気になっていながら、自分で見ないようにふたをしてきたのだ。もういつまでも、ごまかし続けているわけにもいかない。今日は絶対に引き下がらないと決心していた。むっとして黙っていたヨシオが口を開いた。

「なんだよ、じゃあ、あんたは、オレにどうしてほしいわけ」

「もっと絵を描いてほしいって言ってるの」

「ハッ！　それが本当に、オレに絵を描いてほしいと思っている人の態度かね。たくさん絵を描くってことは、こんなにしょっちゅう会ってられなくなるんですけど。あんたがそれに耐えられるとはとても思えないね」

「ちょっと、じゃあ、あたしのせいだって言うわけ？　自分が描かないだけなのに」

「なんなんだよ。あんた、オレに絵で稼いでほしいわけ？　だったら言っておくけど、オレ、最初から絵で稼ぐ気なんてないですから」

「じゃあ、どうやって生きていくつもりなのよ」

「だからこうやって、バイトして暮らしてるじゃん。なんか、オレ、あんたに迷惑かけてますかね？　だいたい、人のことによくもまあそうやって口出しするよな。オレ、あんたの人生について、ああしろこうしろって、なんか言ったことあるか？」

「ないよ。ないけど、それはだって、あたしは別に……」

私は泣き出した。けんかをしても、私が泣き始めるとたいがい歩み寄ってくるヨシオだったが、この日は、余計にうんざりした顔で私を見た。

「そんなことで勝手に泣かれても困るんですけど。だいたい、あんた、本当にオレに絵を描いてほしいと思ってるの？　本当に思ってるんだったら、黙って見守るもんじゃないの？　本当は、絵のことはどうでもよくて、なんとかしてオレに金を稼いでほしいと思ってるだけなんじゃないの？」

私は我慢できなくなって、声をあげて泣き始めた。居間にいる母親に悟られては面倒だったので、嗚咽《おえつ》と格闘しながら、テレビのボリュームを少し大きくした。そして、ハンカチで顔を覆い、ベッドの上で号泣した。

しばらくして、ヨシオがベッドに上がってきて、私の手をとって言った。

「ねえ、とにかくさあ、もう泣かないでよ」

それでも、私の気は全然収まっていなかった。ヨシオが静かに続けた。

「オレも、もうちょっとがんばって絵を描かないといけないと思うことはあるし、そう言いたくなる気持ちはわかるよ。でもさ、絵のことは、オレ自身の問題でしょ。だから、そこはオレに任せてほしいんだよ。描くのはオレなんだからオレの好きにさせてくれないかな」

結婚はしない、子供は作らない、一緒に住まない、お金は稼がない、その上、絵を描くのは自分に任せてほしいなんて、なんて勝手なんだろうと、私は思った。

たぶん私は、31歳でフリーターのヨシオとつきあい始めるとき、「この人は、ひょっとしたらいつか有名な画家になったりして」と想像し、そうした芸術家の妻になることを心のどこかで夢見ていた気がする。

だけど、10年以上の月日が過ぎても、はたから見ればヨシオは「たまに絵を描くフリーター」にしか見えない。そのことが決定的になって、正直がっかりしたのだ。夢が破れ去ったと言ってもいい。私は、ヨシオがただのフリーターであることを手放しで受け入れていたのではなく、「芸術家のフリーター」だと思えばこそ、稼がないことを受け入れていたのだ。「芸術家でないのなら、もうちょっと稼げ――」。それが私の本心だった。

やがて私は、ただただ疲れ切って泣きやんだ。そして思い切り鼻をかんだあと、いったいなにがそんなに悲しかったのかよくわからなくなっていた。というか、泣いてスッキリしたのか、少し落ち着きを取り戻し、「芸術家でないのなら、稼げ」という自分の本心に、ちょっと興ざめしていた。

それに、ヨシオが主張した通り、ヨシオが絵を描かないことで私がなにか迷惑をこうむっているかといえば、それはなにもないなと、改めて思った。私は脱力した声でつぶやいた。

「確かに、あなたがいつ絵を描こうが描くまいが、あなたの自由だよね」

「……」

ヨシオは、なんにも言わなかった。しばらく黙っていたあとで、言った。

「とにかく、遅いから、今日はもう帰るよ」

もう夜中の2時半を過ぎていた。私はヨシオを送り出し、部屋にあったグラスやお菓子を片づけ、顔を洗ってベッドに入った。私はベッドの中で、素直に自分に問いかけてみた。

「私はなぜ、フリーターのヨシオと14年近く結婚もせずにつきあい続けているんだろう」

予想に反して、答えはすぐに出た。

――一緒にいると楽しいから――。

少ない稼ぎながら、人として最低限の自立をして、自由に生きるヨシオ。誰かに迷惑をかけるわけでもなく、それでいて、彼なりの愛情と思いやりを私に注いでくれている。それ以上、私は彼になにか求める必要があるのだろうか。

そこから先の答えは、すぐには出なかった。もちろん、私は、ヨシオの生き方も言い草も、すべて受け入れられたわけではなかった。でも、とにかく少なくともしばらくの間、ヨシオに絵のことでなにか口出しするのは止めよう、そう思った。

人はなぜ働き、なんのために稼ぐのか

40を過ぎた頃から、私とヨシオはどれほどの大げんかをしても、翌日に会って、一緒にテレビを眺めながらビールなどを飲んでいると、すぐに仲直りしてしまうようになっていた。今回も、どうやらそうだった。

30代の頃は、けんかした翌日もう一度論争したり、相手から電話がくるまで意地を張って待っていたりしたこともあったけれど、最近では、けんかをしたままでいるのが、どう

にも面倒臭くなってしまうのだ。さっさと仲直りして楽しくやりたい――私もヨシオもそういう気持ちが強く働くようになって、どちらからともなく仲直りしてしまうのだった。

そんな、大げんか&仲直りをした直後のことだった。私は、ヨシオと、彼の大学時代のサークルの後輩と3人で、酒を飲むことになった。

その人は竜太郎君といって、ヨシオの2年後輩だった。神奈川県の私立高校を卒業してヨシオと同じ大学の商学部にストレートで合格した優秀な男で、大学卒業後は日本の一流家電メーカーに入社し、その後さらに1年アメリカに留学してMBAを取得してきたいわゆるエリートだ。なかなかの男前で運動神経も良い彼は、5年ほど前に結婚し、いま現在、奥さんが2人目を妊娠中だった。

ヨシオと竜太郎君はかなりの仲良しで、私も20代後半の頃から、ヨシオを通して竜太郎君と知り合いだった。彼が結婚するまでは、よく3人で飲みに行ったり、カラオケに行ったりしたものだった。そんな彼がこのたび、アメリカの世界的一流企業に転職が決まったそうで、その報告もあって竜太郎君とヨシオが会うことになり、私も呼ばれたのだった。

新宿の飲み屋で、竜太郎君の転職話がひと通り終わって、宴もたけなわになった頃だった。竜太郎君がいきなり、ヨシオに切り込んできた。

「それにしても、おふたりは結婚しませんねえ。いいんですか？　ヨシオさん」

私たちにとって、こうした話題はとても久しぶりだったが、ヨシオの返答は以前と変わらないものだった。

「ん、オレはオレなりに、この人を一番幸せにできる方法を考えているの。大事なのは、結婚するかしないかじゃなくて、相手を幸せにしているかどうかでしょ。金のないオレと結婚したって、この人には特にメリットないじゃん」

「それは稼いでないからでしょう。年収300万ぐらいだったら、ヨシオさん、いや、マキエさんだって、けっこう簡単に稼げるはずですよ」

竜太郎君は、あいかわらずストレートなヤツだった。私は、彼が私の年収を300万円以下だと思っていると知って、なんとなくがっかりした。ヨシオが言った。

「えーっ、オレ、年に300万もいらねーよ。いま120万ぐらいだから、200万もあったらおつりがくる。っていうか、オレ、稼ぐの嫌いだからね。嫌いなことやってまで、結婚しなきゃならないっていうのも、変な話でしょ。まあ、逆に言えば、宝くじにでも当たったら、別に結婚したっていいんだけどさ」

私は、ヨシオの「結婚したっていい」という言葉に、ちょっと驚いた。30代の頃は、頑なに「結婚なんかしない」と言っていたからだ。すかさず、竜太郎君が突っ込んだ。

「なんだ、じゃあ、結婚そのものを拒否しているわけじゃないんだ」

「まあね。さすがにこれだけ長くつきあっていると、してもいいかなと思うことはあるさ。でも結婚なんて、ただの法律上の制度じゃん。結婚してたって別れるときゃ別れるし、してもしなくてもどっちだっていいと思う。あ、子供がほしい人たちはした方がいいかもしれないけど」

ヨシオの言葉を聞いていて、確かにそれもそうだと、妙に納得してしまった私がいた。

すると、竜太郎君はまた別の角度から切り込んできた。

「ところでヨシオさん、最近、絵は描いているんですか」

私は先日の大げんかのことがあったので、ちょっぴりひやひやしながらも、黙ってふたりの話を聞いていた。実際のところ、竜太郎君の発言は私がヨシオに聞きたいことを代弁してくれているところもあって、私はヨシオの答えが聞きたかった。

「描いてるよ、年に2枚ぐらいだけど。まあ、もう少し多い方がいいのかもしれないけど、たくさん描いてればいいってもんでもないし。だいたいオレ、最初から絵で金を稼ごうと思っているわけじゃないし、描きたいときに描きたい絵を描く、それでいいじゃない」

「いや、よくはないでしょう。個展とかもやってないんでしょう？　ヨシオさん、絵描きになるためにニューヨークに留学して、絵描きになるために会社員辞めたんでしょ？」

「絵描きとして生きるっていうのはさ、なにも職業とは限らないわけ。極端な話、一生かけて、1枚だけ自分が納得できるすごくいい作品が描けて、それを見た人を幸せにできればそれでもいい。まあ、オレはまだそういう作品は描けていないわけだから、それに向けてもっと努力する必要はあるかもしれないけど。それに、自分の満足のいく作品が描けていないうちは、無理に個展開くこともないじゃん」

「じゃあ、いずれにせよ、絵は趣味ってことですよね？」

「いやあ、それがちょっと違うんだよな。趣味はその人にとって、いわば娯楽だろ？　オレの場合、絵描きというのは、楽しみじゃなくて、生きざまなんだよ」

ヨシオはちょっと早口になっていたけれど、別に腹を立てている風でも、ムキになっている風でもなかった。

結婚の話同様、絵の話も、ほんの2、3年前までは、友人たちで集まると、ヨシオはよくみんなから突っ込まれていた。そんなとき、いつも彼は「オレは〝寡作の人〟だからこれでいい」とか「いずれ必ずいい絵を描くから」とか言って、話はうやむやになって終わっていた。そんなヨシオの言い分に、竜太郎君は真っ向から対決を挑み続けていた。ある意味、先日の私以上に突っ込み方は厳しいものだった。

「ヨシオさん、あなた、僕の親しい友人の中でも、確実に5本の指に入る人ですよ。だから言いますけど、このままだったら、ヨシオさん、もうすぐ終わっちゃいますよ。あ、すいません、訂正します。僕の中で、終わっちゃいますよ。いいんですか、それで」

エリートの彼がこんなことを言ったら、普通だったら鼻につくはずだけれど、竜太郎君にはそうしたいやらしさがまるでなく、ただただまっすぐだった。ヨシオが言った。

「うん、大丈夫。終わらないから。心配かけて、ごめんよ」

「じゃあ、そろそろ思い切って飛んでくださいよ。飛べば、ヒーローになれるんですよ。飛ばなければ、ただのヤツで終わるんです。ヨシオさんはそれでいいんですか？」

竜太郎君の言葉はあまりにもまっすぐ過ぎて、マヌケにさえ聞こえた。聞いている私が、気恥ずかしくなってくるほどだった。ヨシオはちょっと微笑んで、竜太郎君に返した。

「うん、君の気持ちはよくわかった。礼を言っておこう。ありがとうよ」

しばらくして、竜太郎君が、また、話の方向を最初に戻して言った。

「ヨシオさん、俺、結婚して子供ができて、うちのヤツは仕事辞めて。自分のためじゃなくて家族のために働いているのって、やっぱりぜんぜん違うんですよ。やってみるとけっこう大変なんだけれど、でも俺、いま、すっごく幸せなんです。だから……」

彼のように、いい会社に入って業績を上げて収入を上げ、結婚して子供を作って家族を養っていくという生き方は、確かに絵に描いたような〝幸せな人生〟だ。きっと、どこまでもまっすぐな竜太郎君は、ヨシオにも自分と同じように幸せを体感してほしい、ヨシオならそれができるはずだと思って、言ってくれているのだろう。

でも、幸せとはなにか——それは、人によって違う。その点について、迷いや疑念をまったく抱いていないところが竜太郎君の素敵なところであり、マヌケなところでもあった。

エリート街道まっしぐらの竜太郎君と、それと真っ向から対立するかのような人生を歩いているヨシオ。たぶん年収がゼロひとつ分は違うと思われるこのふたりがとても仲がいいことは不思議といえば不思議だったけれど、向いている方向はまったく違っていても、はたからは見ればマヌケなほどバカ正直に生きているところで、このふたりはつながっているのかもしれない。

夢を見続ける男・現実を見つめる女

その数日後、たまたまマルちゃんと会う約束をしていた私は、さっそく、ヨシオが大学の優秀な後輩に思い切り切り込まれた話を、話題として提供した。マルちゃんは言った。

「なるほどねえ。彼はきっとすごくいい人なんだね。だけどさあ、自分がこうすれば幸せだからって、人にもそうするように言うのって、あんまりよくないよね。たとえば早く子供作れとかさ、そういうのも、やっぱり余計なお世話だと思うし。ま、いわゆるいい人って、悪気が無いだけに無神経だったりするもんだよね」

相変わらず、マルちゃんの指摘は鋭かった。

もちろん、マルちゃんにしても、ヨシオが絵を年に1、2枚しか描かないことや、個展を開いたりしないことを、良しとしているわけではぜんぜんなかった。というか、竜太郎君風に言えば、その点、マルちゃんの中でヨシオはもう〝終わって〟いるのかもしれない。若い頃は、マルちゃんもヨシオに絵のことでずいぶん切り込んでいたけれど、ここ数年、彼女はもうその話題にはふれなくなっていた。私は、そんなマルちゃんに、自分の正直なところを話してみた。

「私も、ヨシオが絵をたいして描かないのに平気でいることについては、やっぱり理解しきれていないんだよね。ただ、私が最近感じるのは、ヨシオには年をとっているという実感がまるでない、ということ。私と時間の感覚がぜんぜん違うというか。ほら、ネズミとゾウだと同じ1年でも感じ方がぜんぜん違うっていうでしょ、そういう感じ？　それぞれの時間の尺度というか、物差しが違うというか……」

「ははーん、なるほど……。確かに、ヨシオに限らず、男ってそういう人、多いかもねえ」

「でしょ？　特にヨシオはそれが甚《はなは》だしい気がするんだ。女にとって年をとることって、かなり切実なことじゃない？　ああ、もう30歳になったのか、ああ、もう40歳かって。肌の衰えだってあるし、見てくれも変わってくる。だから、年をとればとるほど、現実的にならざるを得ないでしょ。そうなれば、焦りだって出てくるし、もっとこうしなきゃとか、あれをやっておかなきゃとか、いろいろ思うわけよ。それに比べると、ヨシオは超マイペースというか、自分のこと不老不死と思ってるワケ？　って感じでさあ。先のことはぜんぜん心配してないから、そりゃあ、人生、いくつになっても焦ることもないよねえ」

マルちゃんも、私の発言に激しく同意してくれた。

「確かに昔から、女の人の方が現実的だっていうもんねえ。実際、私のまわりの夫婦たちの話を聞いていても、夫は将来のこととかあんまりちゃんと考えていなくて、妻の方が計画的にあれこれ考えているうちって多いよ」

まだ若い頃、よくテレビの女性コメンテーターとかが、「男はいつまで経っても子供だから」とか「やっぱり女の方がしっかりしている」とか発言しているのを見て、こういうことを言い出したらおばさんの証拠だと思っていたけれど、あのときの女性コメンテーターたちの気持ちが、私にもついにわかるようになってきたらしい。

「特に、ヨシオみたいにいつまでも独身の男って、本当に子供っぽいっつーか……」

つい出た私の本音に、マルちゃんは気を遣って応えてくれた。

「いや、そりゃあ所帯持てばいろいろあるから多少の責任感は出てくるところもあるけれど、結婚してたって、子供っぽい男は多いって。私だって、旦那と話していて、なにこの人、子供みたいなこと言ってるんだろうって思うことあるもん」

「そうかあ。お宅でさえそうなんだ……」

「そうだよ。なんつーか、将来と現実的に向き合おうとしていないっていうの？　どこか夢見がちっていうの？」

「そうそう。概して男の方がロマンチストが多いんだよね」

「そうそう。いい年して、なに夢みたいなこと言ってるんだろうって」

私とマルちゃんは、すっかり意気投合し、さらに私はいい気になって持論を展開した。

「女はどんどん卵子が古くなっていくし、そうなると妊娠もできなくなるから、本能的に時間を意識せざるを得ないんだよ。それに比べたら男は相当な年になるまでじゃんじゃん精子を作り続けているわけで、それはいつもフレッシュなんだよね。子供だって50とか60とかまで作れるからさ、本能的に時間の感覚が持てないんじゃないのかねえ」

「あははは。そうかもしれない。それにやっぱり、女は子供ができると、子供を守らなきゃいけないっていう本能が働くから、先々のことをしっかり考えていくようにできているっていうじゃん。そこいくと、男の本能はタネさえ残せばあとは女にお任せだからね」

「そうだねえ。だからいつまでも男は自分のロマンだけを追い続けていくのかねえ」

確かに、私には子供はいないけれど、ちゃんと女としての本能が働いていて、確実に時の流れを実感しているのかもしれない。それに比べると、ヨシオには不思議なほど時間の感覚がなかった。20代の頃から時が止まっているように、稼がない男、いや、〝変わらない男〟だった。一般的にいえば、成長していない、ということかもしれない。

とにかく、仮に、年をとる速度が私の倍遅かったとしたら、ヨシオは絵をあまり描かないことも、年収が低いことも、結婚せずに所帯を持たないことも、どれもこれも、まだまだ、気にならないかもしれない。そんなことを考えているうちに、私は、ヨシオになにを言っても、あまり意味がないような気がしてきていた。だって、時間の感覚が全然違うのだ。「いい年して、いつまでそのままでいるつもり?」と言ってみたところで、本人に「いい年」だという実感も焦りもまったくないのだとしたら、彼の心に響きようもない。

こうした感覚の違いは、別にヨシオと私に限ったことではなく、マルちゃんが言っていたみたいに、どこの男女にもあることなのかもしれない。そうした男女の違いを感じつつ、お互いに妥協し合いながら、お互いを少しずつ受け入れていく……それこそが、結婚なのかもしれないなあと、結婚していない私は、していないなりに考えていた。

フリーな夫婦に子供3人

それから数ヶ月後。私は高校時代の同好会の同級生たちと、久しぶりに集まることになった。私は高校で軽音楽同好会に入りバンドをやっていたので、友人は男性が多かった。実はマルちゃんも同じ同好会にいたのだけれど、彼女はここのところ仕事と子育てとPTA活動が忙しくて、そうした集まりにはほとんど顔を出せないでいた。この年になると、お母さんたちはみなさんお忙しそうで、どこへ行ってもそんな状況だった。

その日集まったのは私を含めて全部で8名。私以外は全員が男だった。ちなみに今年で44歳になる7人の男たちは、家族持ちが5人、バツイチが1人、独身が1人だった。

中華料理屋で円卓を囲み、紹興酒を飲みながら、2人の子持ちのガンちゃんが言った。

「それで結局、西園寺とヨシオちゃんは、まだ結婚しないわけね」

ヨシオは軽音には所属していなかったけれど、わりと仲が良い友人が多く、全員がヨシオのことをよく知っていた。私はガンちゃんの問いに「うん、そうねー」と答えた。

「なんでかねー。困ったもんだね、ヨシオちゃんにも」

「あははは」

大学を卒業してから真面目に働き、しっかり妻子を養っているガンちゃんにしてみれば、ヨシオの人生はさぞや甘ったれたものに映るだろう。私が笑ってごまかしていると、同じく2人の子持ちの酒井君が言った。

「それで、ヨシオちゃん、あいかわらずバイト暮らしなわけ？」

「うーん、そうだねえ」

私がへらへらと答えていると、酒井君が言った。

「じゃあ、ヨシオちゃんのバイト暮らし、とりあえず西園寺が許してあげてるわけね」

「え？　ああ、まあ……」

瞬間的に、私は違和感を持ってしまった。ヨシオがバイトで暮らしていることは、私が許す・許さない、ということなんだろうか？　犯罪や不貞をやらかしているならともかく、ひとりの大人が自分の人生を生きるのに、交際相手の許可がいることなどあるだろうか？

仮に私がヨシオに就職してほしいと思っていたとして、それをヨシオが受け入れない場合、私がヨシオを〝許して〟いることになるのだろうか？　男女がそれぞれ自分が思うように生きた上で、一緒にいて、それで心地良くいられないのなら、そもそもつきあっている意味があるのだろうか？　自分の要望に合わせて相手に生き方を大きく変えてもらおうなんて、本末転倒なんじゃないだろうか？

回転テーブルに並ぶ中華料理をつつきながら、私の頭の中では、そんな疑問がぐるぐる回り続けていた。紹興酒を飲み過ぎたのかもしれない。

11時を過ぎた頃に一次会が終わり、たまたま帰りが同じ方向の草間君が、私を車で送ってくれることになった。草間君は、昔からほとんどお酒を飲まない。ほろ酔いだった私は、喜んで草間君との短いドライブを楽しませていただくことにした。

草間君は、フリーランスのプログラマーだ。高校を卒業してからもずっと、ギタリストとしてバンド活動を続けていて、いまも月に1、2回、渋谷のライブハウスで演奏をしている。同級生の中では唯一、プロのバックを務めたこともある実績の持ち主でもあった。

草間君は実は大学を1年で中退し、その後24歳で結婚した。24といえば、私の知り合いの中でも、昨今の結婚事情を考えても、相当に早い方だ。一番上の子はもうすぐ成人式だという。さらにその下には2人子供がいる。私はそんな草間君に対して、素直に尊敬の念を抱いていた。

「改めて言うのも変だけど、3人も子供育てて、ほんと、すごいよね。私なんてこんなだから、頭上がんないな……。しかも草間君、フリーランスでしょ。私の知っている友達で、お父さんがフリーランサーで子供がいる人って、あんまりいないんだよね」

「ははは。フリーランスっていっても、俺の場合、とある会社の社長にたまたま気に入ってもらえてね、そこが仕事を回してくれてるだけなんだ。その社長がそろそろ引退するって言ってるから、そのあとはホント、どうなるかわかんないんだよ」

「でも、プログラミングの技術があれば、またすぐ仕事見つかるんじゃないの?」

「いやー、どうだろう。そんな簡単なもんじゃないと思うよ。年齢とかもあると思うし」

「ふうん、そうしたものかしらねえ……。でもさ、草間君の場合、奥さんが看護師さんでしょ。それも心強いよね」

「どうかな、うちのは若いうちに妊娠して、最初に就職した病院辞めちゃったからね。完全に職場復帰したのは5年前か。バイトだから、週5日出ても月に20万もいかないよ」

そうか……。どんな仕事で稼ぐのも、はたが思うほど簡単ではないのだろう。そういえば先日、税理士になったヤマちゃんが「最近は苦労して税理士の資格をとっても食えない人が出てきている」と言っていたことを思い出した。資格や特殊技術さえ身につけていれば安心、という時代は終わってしまったのかもしれない。

「草間君は結婚したとき、もうすでにプログラマーだったんだっけ？」

「いやいや。うちはもともと親父がそういう仕事してたから、それを手伝うことはあったけれど……そうだなあ、新婚当初はフリーターというか、むしろプータロー？　ときどきチラシ配りのバイトとかやってたなあ」

「ええっ、そうなの⁉　結婚して実家を出て、奥さん、妊娠中だったんだよね？」

「そうそう。ただあのときは、おばあちゃんが結婚祝いに１５０万円くれてね、なんか、それだけあれば大丈夫って気がしてたんだよね」

私は、若き日の草間夫妻の勇気に感服した。でも、確かに若い頃って、仕事もお金も不安定でもなんとかなる——そんな気分でいられるものだったかもしれない。草間君が続けた。

「実は俺、子供の頃からパニック障害があってね、毎朝電車で会社に通勤するような仕事は無理だったんだよ。だから子供が生まれてからも普通の就職とか考えられなくてさ。結婚が決まったあともしばらくぷらぷらしてたんだ。だけど生活費はいるからね、それで、家から歩いて通えるバイトを見つけて、ストーブ磨いたりしてたんだよ」

「えっ？　ストーブ？」

「ははは。オフィスに備品をリースする会社でね、俺はリース先から戻ってきた電気ストーブ磨いたり、電話機をキレイにしたりしてたの。いまのプログラミングの仕事ができるようになったのは30だから、それまではずっとそんな感じだったな」

「私、草間君は音楽やるためにフリーランスの道を選んだんだと勝手に思ってた。そうじゃなかったんだね」

「いや、多分、パニック障害がなかったら、普通に就職してたと思う。それが無理だったから、あとは流れでこうなっただけ。だけど、正社員でも、音楽続けてる人はいっぱいいるよ。俺のバンド仲間もみんな正社員だし」

「へえ……そうだったんだ……。みなさん、プロになろうとは思わなかったの？」

「そりゃあ、もしなれるなら、とは思っていたと思う。でも、プロにはこだわってないと思うな。みんなずっとライブを続けていて、少ないけど固定のお客さんもいてくれて、自分たちでCD作って売ったりもしているし、それはそれでいいわけで……。ただし俺の場合は、もしも正社員になってたら、音楽続けていられなかった気がする。だから、フリーランサーになって良かったって、いまは思う。まあ、結果論だけどね」

私は草間君の話を聞いているうちに、彼らはメジャーデビューしているわけではないし、職業としてはそれぞれ別の仕事をしているけれど、生きざまとしては完全にミュージシャンだなあと、感じた。そしてなんとなく、ヨシオのことを思い出していた。

「それにしても、草間君は30まではバイトだけでしょ。その後も夫婦ふたりとも正社員じゃなくて、子供3人育てるのって大変じゃなかった？」

「いや、ぜんぜん。実はね、子供育てるのって、そんなにお金なんかかからないんだよ」

「えっ？　そういうものなの？」

草間君の返答は、結婚も子育てもしたことがない私には、かなり意外だった。

「確かに高校になるとちょっとかかるけど、公立ならたいしたことないし、大学は奨学金もらえばいいし。中学ぐらいまでは、特別なことしないで普通に暮らしていれば、お金なんかかかんない。そりゃあ、贅沢はできないよ。でも、よくテレビとかで、子育てには金がかかるってやってるけど、俺はそう思ったことは一度もないな」

フリーランサーだろうと、フリーターだろうと、収入が不安定だろうと、草間夫妻のように、ちゃんと子供を育てている人はきっとほかにも大勢いるのだろう。最近の男女が結婚も出産もなかなかしないのは、本当は、単純に金の問題ではないのかもしれない。

私は自分の中にわいてきた疑問を、遠慮なく草間君にぶつけてみた。

「でも、草間君がストーブ磨いていた頃って、もうお子さんが2人いたんだよね。それで奥さんは文句言ったりしなかったの？　就職しろーっとか、もっと稼いでこいーっとか」

「うーん、ほとんどないねえ。俺がまったく働いていない時期がちょっとあって、そのときはさすがに『どうするの？』みたいに言われた気がするけど、そのぐらいかな」

「当時も草間君はバンド続けてたんでしょ？　そのことも、なにも言われなかったの？」

「うちのカミさんは、音楽のことで文句言ったことは一度もないな。いまも俺は音楽にお金も時間も使ってるけど、そのことが問題になったことはないね。それは感謝してる」

「いやぁー、ホント、よく出来た奥さんだよねえ、私が言うのもヘンだけど」

私は草間君の奥さんの度量の広さに感動した。私はヨシオとは結婚していない。だから、彼がバイトでビンボー暮らしでも特にどうということはない。でも、草間夫妻の場合は、結婚して一緒に暮らして子供を育てているのだ。もしも私が奥さんの立場だったとして、黙って草間君の生きざまを受け入れられたかどうか、正直、自信がない。

実は、草間君がステージでギターを弾いている姿はそうとうにカッコイイ。きっと奥さんは、音楽を真剣にやっている草間君をカッコイイと思い、そんな草間君だからこそ愛しているのだろう。草間君には大好きな音楽を一生やり続けてほしいと思っているだろうし、音楽をやめてきっちり就職してほしいと思ったことなど一度もないのだろう。

気づくと、新宿南口を過ぎ、家が近づいていた。私は、ちょっと話題を変えてみた。

「だけどさあ、私たちフリーランサーって、老後が心配にならない？　国民年金だけじゃ、厳しいよねえ」

「あ、そのことはね、俺もふと心配になることはある。でも、いままで、その問題に真剣に向き合ったことはないな。いざとなったら実家に住めばなんとか年金だけでも暮らせるかなとか。でも、妹がいるから、最初から実家をあてにするわけにはいかないんだけど」

そうか、やっぱり男性は、将来のことはあんまり現実的に考えられないのか……。子供が3人もいる草間君でさえそうなのかと思うと、ちょっとおかしかった。

自分らしく生きて、自分をまっとうする

平成21年も師走が近づいてきた頃、私とヨシオは、安田君の家へ遊びに行くことになった。安田君は私たちの高校の同級生で、いわば、ヨシオの親友といってもいい人だ。

安田君は大学で文学を専攻していて、卒論は石川啄木についてだった。でも安田君が本当に書きたかったのは、宮沢賢治についてで、実際、最初は賢治について書き始めてい

た。でも、安田君は賢治について、調べれば調べるほど、その人間性に感動するばかりでとても客観的に考察することなどできないと感じてしまい、ついには担当教授に「僕の手に負える人ではありませんでした」と告白し、卒論の題材を変更させてもらったという。そんな真面目さを持った人である。

啄木についての卒論を書き上げた安田君は、大学卒業後、とある区の職員になった。つまり公務員だ。区の職員になってからは、本人の希望で、生活保護者のケースワーカーをやったり、保健所の仕事をしたりと、おもに福祉の仕事を続けている。

安田君は5年ほど前に、職場の2つ年下の後輩と結婚し、いまは品川区のマンションに奥さんと3人の子供と5人で暮らしている。その日は、3人めの子供が生まれて半年ほど経った頃で、奥さんの方は育児休暇取得中だった。

私たちが奥さんの手料理をあらかた食べ終え、デザートまでたいらげた頃、下の子はベビーベッドですやすやと眠ってしまった。上の2人の子供たちはお客さんが来ていることに興奮気味で、隣の部屋で自動車のおもちゃを手に、元気に遊び始めた。それを見たヨシオは、率先してそのお相手をしに行った。

ヨシオが子供と遊んでいる間、私は奥さんとふたりで仕事や子供の話を始めた。すると、やがて、安田君が話に入ってきて言った。

「実はさ、今回、俺も育休とる予定なんだ。奥さんが今回は半年しかとらないから、そのあとの半年、俺がとる予定なの」

「へーっ！　そうなんだ！　なんでとることにしたの？」

「やっぱり、せっかくだから、ちゃんと体験しておこうと思って」

私は「ちゃんと子育てを体験しておきたい」という安田君の言葉に感動しつつも、つい、本音が口をついて出てしまった。

「さすが公務員は違うよね。お父さんの育休、普通の企業じゃなかなかとれないからね」

そんな私の不躾《ぶしつけ》な物言いに、安田君はさらりと答えた。

「そうだねえ、だから、公務員のお父さんが育休をとると、『公務員はいいですよね』って行く先々で言われて、けっこうそれはそれでツラいらしい。ははは」

私は自分の無神経さをちょっと反省しつつ、話を変えた。

「それで、あいかわらず、安田君は残業代つけてないの？」

「うん、まあねー」

安田君は区の職員になってしばらくしてからずっと、残業代をもらっていない。以前、みんなの残業代のつけ方に疑問を感じて上司に抗議したけれどうやむやにされてしまい、それ以来、一切申請しなくなったのだ。奥さんも、そんな安田君の気持ちを認めていた。

「この人は結局、昇進試験も受けないんですよ。まあ、私は、本人が受けたくないんなら、それでもいいかなと思わなくもないけれど……職場ではけっこう、変人と思われてますね」

「試験受けないと、ある程度から先は、もう昇進できないってこと?」

「まあ、そういうことですね……。私だって、昇進したいわけではないですが、いろいろ先々考えると、受けておいた方がいいんじゃないかって、やっぱり迷います」

安田君は昇進する気などさらさらないのだろう。管理職なんかより、福祉の現場の仕事にこそ、やりがいを感じる人なのだ。

私とヨシオが安田家を出たのは11時過ぎだった。赤ら顔をした若い客が多い少し酒臭い各駅停車の中で、私はヨシオと話し始めた。

「育休とるなんて、さすが安田君だね」

「そうだねえ」

「残業代つけてないし、昇進試験も受けないし。まあ、確かに公務員だからそれでも一生安泰ではあるけれど……それにしてもね。一本筋が通っているというか、なんというか」

「うん、やっぱり、あの人は自分をまっとうしてる感じがするよね」

〝自分をまっとうする〟は、ヨシオがよく使う言葉だ。私は、改めてヨシオに尋ねた。

「ねえ、自分をまっとうするって、ヨシオはよく使うけど、いまひとつよくわからないんだよな。誰だって、自分をまっとうしたいって、思ってるんじゃないの?」

「いや、オレに言わせれば、自分らしく生きて自分をまっとうしたいという意識が、みんな低すぎる気がしてならない」

「まわりの価値観に流されてるってこと?」

「それもある。実際、まわりにどう思われるかで自分の生き方を決めている人は多いだろうし。ただし、どう生きるかは人それぞれだから、人によっては『しっかり金を儲けて、家族を幸せにする』っていうのが、本当に自分らしいって人もいると思う」

「金儲け、イコール悪じゃないのね?」

「そりゃそうだよ。竜太郎なんて、いい例だな。『しっかり社会的に成功して金を儲けて、家族を幸せにする』っていうのが、まさに彼らしい生き方なんだ。そしてあいつは、それに向かってあれだけしっかり前に進んでいるから、とても立派だと思う。金を稼いでいるからじゃなくて、自分をまっとうしているから、という意味でね」

私は、わかったような、わからないような気がした。ヨシオが続けた。

「なんというか、みんな、よくできた舞台上で、必死に踊らされているような、そんな気がするんだよ。そこではなんでも金に換算して価値が決められているから、必死に働けとか、効率を上げろとか、成功に向かって成長しろとか、勝負に勝てとか、野心を持てとか、そんなことばっかり言ってる」

「みんなが踊らされている舞台っていうのは、資本主義経済ってこと？」

「まあね。でも、そんな単純なもんじゃない。それも舞台装置のひとつなのかな。だから、オレはできるだけ踊らされずに、生物としての自分をまっとうしたいのさ。そのための道しるべは、本来、自分の中にしかない。なのにみんな、まわりばっか見てるから、そもそも自分がどうしたかったのかわからなくなるのさ」

まだ酒が十分残っているヨシオに比べると頭が冴えていた私は、なーに若者みたいにロマン語っちゃってと、ちょっと呆れていた。でも、呆れつつも、ヨシオの話の何パーセントかは確かに間違っていない気はしていた。

「人間だって動物の集団なんだから、生物学的に考えても、本来、ちゃんとそれぞれに役割が割り振られているはずなんだよ。だからその中には、金をしこたま稼ぐことが持って生まれた役割って人もいるとは思う。そういう人はもちろんそれでいい。でも、人知れず曲を作って生きるのが役割の人とか、ひたすら子供に愛情を注ぐのが役割の人とか、普通の言葉では表現できない抽象的な役割を持った人とか、ほかにもいろいろいるわけで、みんながみんな、がんがん働いて稼ぎを増やせばいいってもんじゃないという話さ。ま、ちょっと酔っぱらってますが。あはは」

ヨシオは、自分の言葉に〝酔った勢い〟が混ざっていることに気づいているようだった。

「じゃあ、ヨシオの〝自分をまっとうする〟ってどういうこと？」

「うーん、自分の愛と正義に恥じない、自分らしい人生を最後まで送るって感じかな」

〝愛と正義〟というのも、ヨシオがよく使う言葉だ。「愛と正義とはなにか？」という話をしたら面倒なことになりそうだったので、私は聞き方を変えてみた。

「自分をまっとうしてる人って、安田君や竜太郎君のほかに、誰か思い当たる？　身近なところで」

「そうだなー……しいて言うなら……うちのお袋かな～。あの人はなんか、自分というものがしっかりあって、まわりに惑わされず、自分をまっとうしている気がする」

「ああー、なるほどー」

私はようやく、ヨシオの〝自分をまっとうする〟の意味が、なんとなくわかった気がした。ヨシオのお母さんの数ある名言の中でも私が一番気に入っているのは、ヨシオがへべれけになって帰ってきて、翌日、財布をなくしたことが判明したときの言葉だ。

「あなた、酔っぱらってなにをなくしてもいいけど、友達だけはなくさないでよ」

たしかヨシオのお母さんは、今年でもう78歳になる。ヨシオがせっかく入った会社を1年足らずで辞めるというのをすんなり受け入れ、〝絵を描いて暮らす〟と言いながらあまり絵を描かずに世間的にはフリーターと呼ばれる生活を続けていることも受け入れた人だ。きっと、我が子が食っていけなくなるなんて、まったく考えていないのだろう。それはたぶん、ある意味、我が子に対する究極の信頼と愛情のような気がする。

そもそも、60歳を過ぎてから家業が破算し、旦那が亡くなって家をとられても〝これまで十分いい暮らしをしてきたから辛いことはない〟と、文句ひとつ言わなかった人だ。私はヨシオのお母さんとはあまりじっくり話したことはないけれど、きっと、妻として、母としての役割をまっとうすることで、悔いのない人生を歩んでいるのだろう。

そんなお母さんの大好きな歌は「ケ・セラ・セラ」だと聞いている。確かに、自分の中に、なにかしっかりとした手触りのあるものを感じて生きることができたら、先のことなどわからなくても、強く、楽しく、自分をまっとうしていけるのかもしれない。

仕事って……

マキエのつぶやき

私の場合、幸か不幸か、事実上、
ヨシオに経済的に頼るという展開は
生まれようもなかった。だから、
自分の仕事といっそう真剣に
向き合いざるを得なくなった。
（p.118）

ヨシオのひとこと

オレに絵で稼いでほしいわけ？
だったら言っておくけど、オレ、
最初から絵で稼ぐ気なんて
ないですから。
（p.122）

竜太郎君のひとこと

自分のためじゃなくて
家族のために働いているのって、
やっぱりぜんぜん違うんですよ。
（p.130）

草間君のひとこと

俺の場合は、もしも正社員になってたら、
音楽続けていられなかった気がする。
だから、フリーランサーになって
良かったって、いまは思う。
（p.141）

生きていくためには、大金持ちでもない限り、
誰しも仕事を持って稼がなければならない。
でも、なんのために、なにをやって金を稼ぐかは、
その人の価値観によって変わってくる。

4章

老いていく親と家と、お金の問題

ビンボー中年カップルの日常

平成22年（2010）、春。日本は平成デフレのまっただ中にあった。円高も進む一方で、普通に暮らしていても〝不況〟が実感できるほど、景気が停滞していた。

特に、出版・広告業界の状況は惨澹《さんたん》たるものだった。ただでさえ本や雑誌を読む人が減っているところへ、リーマン・ショックの余波が遅いかかり、小さな出版社や編集プロダクション、デザイン事務所などが、あちこちで倒産していた。

私の収入は激減したままで、ヨシオにならってエクセルでおこづかい帳をつけるようになっていた。収入はひと頃の半分近くまで落ち込んだままだったが、おこづかいをギリギリまで切り詰めることで、なんとか赤字を最小限に抑えていた。それでも自分の口座から少しずつお金が減っていたけれど、こんなときのためにいままでお金を貯めてきたんだと、私はなかば開き直っていた。

私とヨシオは、すっかりビンボーな中年カップルになっていた。ふたりそろってビンボーになってみると、カップルの日常において、いろいろな点が以前とは違ってきた。

一番顕著なのが、ふたりで出かけたときの店選びだ。

以前はヨシオと私の間に経済格差があったので、街でお店を探すときや旅行の計画を立てるときなどは、もめることもしばしばだった。ヨシオはとにかく安さにこだわったが、私は安さよりもおいしさや雰囲気にこだわったので、なかなか意見がまとまらず、ケンカになることもあったのだ。

しかし、私もビンボーになったことで、もはやそういうことはなくなった。どこへ行くのも、なにを食べるのも、ふたりそろって真剣にリーズナブルなものを探し求めるようになったからだ。とはいえ、それで店が簡単に決まるようになったかというと、結局は時間がかかることが多くなった。なぜなら我々は、ビンボーな割には旨い食べ物に対する執着が強く、異常に高いコストパフォーマンスを店に要求していたからだ。安くて旨くて並ばずに入れる店など、そうそうどこにでもあるもんではない。

また、そんな調子だったから、私たちが見つけて通い始めた店は、残念なことに、本当によく潰れた。私たちを満足させるほどコストパフォーマンスが高い店は、どこも、相当に無理していたのだろう。申し訳ない限りである。

そんな私たちにとって、平日のランチは狙い目だった。都心のホテルや、神楽坂などに行くと、かなりおいしいものが夜に比べて格安な値段で楽しむことができた。

街に出かけたときは、ヨシオはいついかなるときもアルコールを欲していたので、その点もビンボー中年カップルにとって悩みどころのひとつだった。

私たちは、どの街へ行っても、まずは「安く酒が飲める店」を探し求めた。新宿の場合、よくフレッシュネスバーガーやセガフレードといったビールも置いてあるファーストフード店を利用した。特に、ワインやその他のアルコールも豊富で食べ物もおいしいセガフレードは、我々のお気に入りだった。そのうち、ファミレスも案外安く飲めるということに気づいた。お通し代がかからないだけ、軽く飲むにはうってつけだった。


ところで、ビンボーになった私は自分の買い物が劇的に減って、無駄遣いしなくなった。まず、20代の頃は年間20万ぐらいは使っていたと思われる服飾代が、3分の1ぐらいになった。そもそも、店を見て回っても、欲しいと思う洋服と、出せるお金のバランスがまったくとれず、そういう経験を繰り返しているうちに、洋服を買いたいという気持ちそのものが薄れていった。靴や鞄、アクセサリーといった雑貨についても同じだった。

化粧品も以前より安いものを使うようになった。だけど、妥協したということではなく、仕事で栄養と美容の専門家に取材したとき、「肌は外から栄養を吸収できないので、化粧品は基本的になにを使っても同じです」という話を聞いて以来、どうでもよくなったのだ。ファンデーションだけは肌に合っていてそこそこリーズナブルなものを探した。ファンデーションに限らず、あらかたのものは、時間をかけて探せば、安くてそれなりにいい物を見つけることができた。

美容院に行く回数も減った。40代に突入して白髪が増えてきたため、1ヶ月半に一度は染めに行かなければならない状態だったけれど、自分で染める回数を増やし、美容院には髪型を変えるときだけしか行かなくなった。行きつけのお店も、新宿のデパートに入っていた高いところから、近所のお安いお店に変えたけれど、特に問題は感じられなかった。

とにかく、自分がビンボーになってみて、それまでいかに無駄遣いしていたかということが、よくわかった。そして、住む家があるからとはいえ、かなり少ないお金でも、デフレの日本ではけっこう楽しく暮らせる、ということもわかった。

実際、私とヨシオは、ビンボーになったあとも、年に2回は、1人3万ぐらい出して2泊3日の旅行をしていた。熱海や箱根が多かったけれど、ふたりとも仏像好きだったので、深夜バスを使って奈良へ行ったこともあった。私が稼いでいたときのようなホテルには泊まれなくなったものの、期間限定の安いツアーやクーポン券を利用することで、十分清潔で居心地のいいホテルに泊まることができた。さらに年に3回ぐらい、平日の安い宿泊パックを利用してお台場や横浜のホテルに泊まり、小旅行気分を味わうこともできた。

ここでついでに、ヨシオの暮らしぶりを改めてのぞいておこう。

ひとり暮らしを始めた頃からビンボー生活を続けているわけだけれど、お金がないなりに、当然、必要に応じて買い物をしている。それなりに高いものではパソコン、DVDレコーダー、プリンターなどの電化製品。そのほかは、CD、リュック、靴などだ。

家電類については、ヨシオは「家電貯金」を毎月数千円ずつ積み立てていて、家電が壊れるタイミングと、貯金の溜まり具合に応じて、適宜、どうしても必要になったものを購入していた。

もともとおしゃれだったヨシオは、靴を買うときは安くておしゃれな靴が見つかるまで、異常に時間をかけていた。「靴を買う」と言い始めてから、まあ、だいたい平均して約半年はかかった。だから、新しい靴を買う頃には古い靴はかなりボロボロになっていて、雨の日など、小さな穴でも空いているのか、歩くたびにくちゅっくちゅっと妙な音がしていたこともある。そんなときはさすがに一緒に歩くのが恥ずかしくなった。

洋服は、もっぱらユニクロだ。以前は、昔から持っていた洋服にユニクロを組み合わせることが多かったけれど、昔の洋服が古くなっていくにつれてユニクロ率はどんどん上昇し、気づいたら、上から下まで、さらにパンツも靴下も、全身ユニクロになっていた。

それから、子供の頃から学生の頃まではとても読書家だったヨシオだけれど、近年、本は一切買わなくなっていた。そのことと収入のことはあまり関係がないようで、単にヨシオが昔ほど本を読まなくなったのがその理由だった。

その他の日用品は、たいがい100円ショップで済ませていた。

そんなヨシオが唯一、そこそこ高いお金を出して買っているのが、自転車だった。いまの愛車はイタリアのピナレロ社のもので、確か15万円ぐらいしたはずだ。

中学の頃からロードレーサーに乗っているヨシオは筋金入りの自転車乗りで、家から10キロ圏内なら、たいがいのところは自転車で行ってしまう。大学の友人たちと、旅行で三浦半島や伊豆方面、あるいは八ヶ岳、福島あたりまで自転車で行ってしまったことも何度かあった。純粋に自転車好きということもあるけれど、自転車で移動すれば交通費がかからないというのが、ヨシオにとっては大きなメリットだった。だから、ヨシオにとっての自転車は、普通の人の車ぐらい大切なものだった。自転車の耐用年数は約10年なので、ヨシオは自転車の買い換えに向けて、毎月数千円ずつ「自転車貯金」もしている。

ちなみに、私もヨシオも、つきあい始めてからこの方、車がほしいと思ったことは一度もない。そりゃあ、地方へ出かけたり旅行したとき、車があれば便利だと感じたことはなくはない。でも、日常生活では、新宿に住んでいる限りまったく必要性を感じないのだ。車なんか持っていたって、金ばかりかかって面倒なだけだと思っている。

実はヨシオは留学中にニューヨークで取得した免許を持っていて、それをずっと更新し続けている。とはいえ、日本ではほとんど乗車経験がないので、合法ながらも実に怪しい、はっきり言って役に立たない免許証だ。私の方は、免許を取ろうと思ったことさえない。

もうひとつ付け加えると、私とヨシオは、世の中にケータイが広がり始めた頃から、ずっとPHSを利用している。確か、料金が安いということでヨシオが選び、ふたりで一緒に同じ通信会社に契約したのだ。その後、特に不都合は感じないし、料金もいわゆる携帯に比べると格段に安いので、いまだに愛用し続けている。

妻が夫のケータイを見る瞬間

ところで、フリーランサーの場合、仕事がヒマということは、自由な時間があるということだ。私は空いた時間を利用して、いろいろな知り合いに会うようになっていた。

その日、私は中学時代の友人の春子と、3年ぶりに会う約束をした。彼女は小学校の先生で、7、8年ほど前、中学の同級生と結婚していた。ふたりの間に子供はいなかった。私とヨシオは、春子のことも旦那さんの悟君のこともよく知っていた。

ヒマを持て余している私とは反対に、春子の方は仕事が忙しそうで、最初6時半に渋谷で会う約束だったのが、当日連絡があって、7時半になった。

結局、8時近くに店に到着した春子は、ビールを頼むとがんがん飲み始めた。

「ごめんねー。5時に会議が始まって30分ぐらいの予定だったのに、終わったのは7時過ぎよ。あー、参った、参った」

春子は一見、元気そうに見えたけれど、すぐにストレスでいっぱいだということが伝わってきた。忙し過ぎるし、本当は仕事を辞めたいという。

「だけどさ、私が働かなくなったら、我が家は家計が回らなくなっちゃうからね。仕事そのものに未練はぜんぜんないんだけど、ご飯食べられなくなっちゃうと困るしねえ」

悟君は、確か、学生の頃バイトしていた中小企業に大学を卒業後そのまま就職したはずだ。私は春子に言った。

「悟君は正社員だし、子供いないし、春子が仕事辞めて、バイトかなんかになってもやっていけるんじゃないの？」

「と、思うでしょ？　ところがね、あの人、実はお金にだらしないところがあるのよ」

春子によると、悟君は稼いでくる以上に、無計画に使ってしまうらしい。

「この前だって、知らないうちに家の更新料全額使い込まれてて、驚いたわよ、まったく」

更新料といえば、1万や2万ではないだろう。悟君はどちらかといえば地味で真面目な印象の人だったので、私は春子の話をすぐには信じられなかった。

「へー、そういう人には見えないけどねぇ……」

ビールのジョッキを次々あけていく春子を見ていると、彼女の時計は私の倍の速さで回っているように見えた。きっと、本当に忙しいのだろう。彼女があまりにもあくせく働いているように見えるので、私は自分が経済的にマズい状況に立たされていることを忘れ、自分はヒマで良かったなあと、妙な優越感を感じてしまった。

春子は、あっという間に酔っぱらい、そして、腹に溜まっているものをぶちまけ始めた。

「もうさあ、あたし、別れようかなって、思ってるんだよね」

「えっ、そうなの？　もう、そんな状態なの？」

更新料を勝手に使い込むような男だったら別れた方がいいと私も思ったけれど、すぐに彼女の離婚に同意するわけにもいかず、私は彼女の話を聞き続けた。

「マキエは結婚していないからわからないかもしれないけどさ、自分が働いたお金を旦那に勝手に使い込まれたら、どう思う？　やってられないよね」

私は、「マキエは結婚していないからわからないかもしれないけどさ」という、酔っぱらった春子ならではの失礼な物言いにちょっとムッとしつつも、彼女に同意した。いくら稼ぎの良い旦那でも、それ以上に使う男だったら、家族が苦労するのは目に見えている。男は稼ぎそのものより、収支が大切なんだなあと、私はつくづく思った。

「ねえ、ヨシオちゃんなんて、絶対、浮気なんかしないよね」

春子の話の方向性が、ちょっと変わってきた。とりあえず、私は彼女の質問に答えた。

「うーん、まあ、してないと思うけど……えっ？　悟君、してるわけ？」

「なんか、ケータイに電話かかってきたり、コソコソやってるからさ、この前、お風呂に入っているとき、ちょっと見てみたのよね。そうしたら、女の友達がいるみたいでさ」

「友達ならいいんじゃないの？　ダメなの？」

「そりゃ、本当に友達ならいいけどさ、わかんないじゃん、実はどんな関係か！」

春子は、眉間に皺《しわ》を寄せて、私に詰め寄った。そんなことを言われても、悟君が実際はシロなのかクロなのか私にはわかるはずもなく、あいまいなうなり声を出してごまかしていると、春子がまくしたてた。

「そしたらさ、私がケータイ見たのわかったみたいで、それ以来、ロックかけられちゃったのよ、ひどいでしょ」

「ふーん……そうなんだ……」

私は、勝手に人のケータイを見る方が悪いだろう、と思ったし、ロックをかけられたとわかったということは、少なくとも2回は旦那のケータイを見ようとしたのかよ、オイオイ、と思った。でも、相手のケータイを見ようとする夫や妻はけっこういるらしいから、世間的には、とりたてて春子がひどい妻というわけでもないのかもしれない。

11時を過ぎる頃には春子はべろべろになってしまい、一緒に飲んでいても、会話らしい会話は成り立たなくなってしまった。春子も眠いと言うので、私は彼女をタクシーに押し込み、家路についた。


JRに乗って新宿に着く頃には12時を回っていた。私は地下鉄に乗り換えるのが面倒になって、歩いて帰ることに決め、ヨシオに電話をかけた。

ヨシオが自転車で迎えに来てくれることになったので、私は夜中までやっているファーストフード店に入って少し時間をつぶしてから、家を目指して歩き始めた。しばらくすると、向こうからLEDランプを瞬かせ、自転車に乗ったヨシオが迫ってきた。

「ひょー、おつかれっ！」

ヨシオは私に近づくと自転車を降り、近くに人がいないのをさっと確認して、ほっぺたにチュウをした。私とヨシオは、家に向かって手をつないで歩きながら、話し始めた。

私は、春子がどういう状況だったのか、春子とどんな話をしたのか、ヨシオに話した。

「人のケータイを見る人がいるって聞いてたけど、まさか春子も見るとはね。私はヨシオのケータイ、見たいと思ったことはないなあ。ヨシオは？　私のケータイ、見たい？　見たくないよねえ。まあ、逆に言えば、見られても別にかまわんが……」

「オレもそうだなー。別に見たくもないし、見られてもかまわん。ただ、勝手にコソコソ見られるのはイヤだけどね」

「それはそうだよ、誰だってそうでしょう」

私たちは、恋人になる前の友人同士だった期間が長かったたし、お互いなんでもあけすけに話してきたので、いまさら相手に知られて困ることなどまったくなかった。最近は、働いている以外はほとんどいつも一緒だし、相手がいつ、どこで、誰と、なにをしているのかほぼわかっていたから、なにかを疑う余地もなかった。私はちょっと誇らしげに言った。

「だってさ、私とヨシオちゃんの間には、秘密なんて、なんにもないもんねー」

「……うん」

私は意気揚々と、自分とヨシオがいかに仲がいいかを、自画自賛した。

「春子には悪いけど、あたしたちって、やっぱ仲いいもんねー。だってさ、私はヨシオちゃんが女の子とたまにはふたりで飲みに行ったってぜんぜん気にならないし、私が男友達とふたりで飲みに行くときも、ヨシオにはちゃんと話してるもんねー」

「……うん」

なぜだか反応の薄いヨシオをよそに、私はひとりでしゃべり続けた。

「そうだな、私の場合、女の子と会うことを秘密にされる方がイヤだな。『今日、誰々ちゃんとふたりで飲んでくる』って言ってくれれば、別になにも問題ないのに。まあ、しょっちゅうっていうのはイヤだけどさ。あ、そういえば、ヨシオ、先週、就職してたときの同期の女の子たちと、久しぶりに飲みに行ったよね？　あれ、どうだった？　楽しかった？」

「……うん」

ヨシオの反応がやけに鈍いので、きっとなにか考えごとをしているのだろうと、私は思った。生真面目なヨシオのことだから、夫婦が秘密を持つことや、お互いにウソをつくことについてなど、自分の愛と正義の観点から考察しているんだろうと思っていたのだ。

するると、突然、ヨシオが叫んだ。

「ああーっ！　もうダメ、我慢できない。すみません、ごめんなさい、ウソついてました」

私は、ヨシオがなにを言い出したのかまったくわからず、足を止めて、ヨシオの方を向き直った。ヨシオは私の顔を見て、頭を下げ、もう一度、謝った。

「ごめんなさい、先日、飲みに行ったのは、同期の女の子とふたりきりでした」

それは、思いがけないヨシオの告白だった。

「最初は3人でって話だったんだよ。だけど、ひとりが来られないことになって、ふたりだけになっちゃったけど、まあいいかって話になって……」

「でも、ただ飲んできただけなんでしょ？」

「うん。会社の近くにある居酒屋で飲んできただけ」

いったいヨシオにどんなウソをつかれたのかと一瞬緊張した私だったが、あまりにも他愛のないウソだったので、拍子抜けしてしまった。

「そんなのなんでもないじゃん。隠す方が怪しいじゃん。なんで隠すかねえ」

「いや、やっぱ、ふたりだけっていうのは、イヤなんじゃないかって思ったら、言いそびれちゃって……」

「なんじゃそれは。次からはちゃんと正直に話して、堂々と女の子とふたりで会ってきてください」

「はーい。ごめんなさ〜い」

ヨシオが私に隠しごとをしていたのかと思うと、確かにちょっとショックではあった。でも、そんなことより、結局ヨシオが隠し切れずに自分からあっという間に白状してしまったという事実の方が、愉快ではあった。

家を買う友人たちが気になる年頃

その2ヶ月後のこと。久しぶりにOL時代の先輩の三山さんから連絡があり、私たちはふたりで会うことになった。三山さんはある大手出版社の契約社員で、雑誌の編集者として働いている。平成13年に子供を産んで、その1年後に仕事に復帰していた。子供はもう小学生になったという。

彼女はもともと台東区の下町にマンションを買って住んでいたけれど、約1年ほど前、その近所に土地を買って、一戸建てを新築していた。彼女のフェイスブックかツイッターかなにかを通してそういう話が伝わってきていたので、私は、せっかくだから、今日は彼女の新しいおうちにうかがいたいと申し出た。

彼女の家へ行ってみると、それは白亜の豪邸だった。いや、それはちょっと言い過ぎだけれど、3階建てのそれはそれは立派な一軒家だった。

家に一歩入ると、そこはまだ新築の香りが漂っていた。通されたリビングの内装は白で統一され、真新しい家電と立派な家具が並んでいた。優秀な三山さん夫妻のことだから、それなりのおうちだろうとは思っていたが、私はその経済力に改めて圧倒された。

「いやー、それにしても、さすが。素敵なおうちですねえ……」

「ゆっくりしてって。子供が3時までに帰って来ちゃうかもしれないけど」

久しぶりに会った私たちは、まずお互いの近況を報告しあい、それから家の話になった。

「そういえば、前に住んでいたマンションはどうしたんです？　売ったんですか？」

「ううん、あそこはいま、貸してるの」

私は、かつて三山さんがマンションのローンをほぼ5年で完済した話を思い出した。

「あのときもすごかったですよね。5年で完済しちゃって」

「いや、夫婦でフルタイムで働いていたら絶対返せるって」

まったくの想像だけれど、おそらく三山さん夫妻の年収は、会社員の旦那さんと契約社員の彼女のふたり分を合わせて、少なくとも1200万～1300万ぐらいはあっただろう。そうすると、毎年500万をローン返済に充てても、700万ぐらいのお金は残る。

確かにそれだけあれば、普通に暮らしていけそうだ。さすが、ダブルインカムの馬力は強力である。

さらに、家の新築の話を聞いていて私は驚いた。家を新築する際、「安くなるから」と勧められて、一緒に売りに出ていたお隣の敷地も買ってしまったというのだ。両方併せると一戸建てには広すぎるということで、そちらの敷地はアパートを建てるか、駐車場にでもするかして活用する予定で考えているという。

つまり、三山夫妻は四十半ばにして、自宅の一軒家のほか、お隣の土地と、以前住んでいたマンションの一室のオーナーということになる。自分やヨシオの経済力を気にしたことがほとんどなかった私も、さすがにちょっと、気後れしてしまった。

その晩、家に帰った私は、ヨシオと晩酌をしているとき、いかに三山夫妻の経済力がすごいものだったか、熱く語っていた。でもヨシオは、40代で家をいくつも持っているとか、マンションのローンを5年で返済したとか、そういう話にまるで興味がなく、「へー、ふーん」ぐらいしか反応がなかった。それでも私はひとりでしゃべりまくった。

「まあ、あのうちは共働きだからねえ。でも、共働きといったら、マルちゃんちだってそうだよな。あのうちは旦那さんが契約社員で彼女はフリーランスの翻訳者だけど、たぶん、収入は三山家と同じぐらいあるんじゃないかなぁ。マルちゃんは、『面倒だし身動きとれなくなるから、家は買わない』って言ってたけど。でもそのかわり、貯金はけっこう貯まったって言ってたっけ。そりゃあ、そうだよなあ、そういう年だよなあ……」

「なーにマキちゃん、家が欲しいの？　こんなに立派なビル持ってるくせに」

「いや、別に家はもういらないし、私はこのビルのローンを完済しなくちゃならないわけで……まあ、それは自分の稼ぎとは直接関係ないけれど……なんつーか、私って、三山さんやマルちゃんに比べたら、ビンボーなんだなあって」

「なに言ってんの。これでビンボーなんて言ったらバチが当たりますよ」

「いや、彼女たちに比べたら甲斐性がないっていうか……。私、収入が激減するまでは、同じ年頃の女の中ではまあ稼いでる方だって思っていたから、心に余裕があったんだよね。でも、稼ぎが減ると、やっぱり人って、惨めな気分になるものなのね」

「ふーん、そんなもんですかねえ。ごめんよおぉ、おまけに彼氏が甲斐性なしで」

「いーえ。あなたにそういうことは期待していませんからっ」

「あははははは」

そこは笑うところか!?　私は腹の底で叫んだあと、へらへらしているヨシオに冷たい視線を向けながら言った。

「彼女たちは私らと違って、ちゃんと結婚してしっかり自分たちの家庭をちゃくちゃくと築いてるわけ。なんか、自分たちとはエラい違いだなあって思わないの？」

「なーにマキちゃん、やっぱり結婚したいの？　ちゃんとしたじゃーん、結ぽん式」

「あれは、結ぽん式でしょ、本当に結婚したわけじゃないし」

「えーっ、じゃあ、なによ、やっぱり、結婚したいわけ？」

「いまさら結婚がどうのこうのと言ってるわけじゃありませんっ！」

　確かに私は、いまさら結婚がしたい、と強く願っているわけではなかった。そういうことではなく、ふと気づいたらまわりの友人たちが、親になり、家を持ちと、着々と人生を歩んでいるのを見て、自分たちは本当にこれでいいのかと不安になったのだ。そりゃあ、不安になることもあるだろう、普通は。

　だいたい、結ぽん式をしたのはもう7年も前だ。いい年して、本当にあれですべてを帳消しにできたと思ったのだろうか。だとしたら、あまりにも子供過ぎる、いや、脳天気過ぎる。私はだんだんムカムカしてきて、ヨシオに言ってやった。

「だけどさあ、よく世間では、同い年の友達が自分より収入が良かったり家を建てたりすると、焦るとか、気になるとか、言うでしょ。特に男の人は。あなたにはそういう感覚はないのかな？　まあ、まったくないんだろうとは思うけどさあ」

「うん。ないねー」

「なんでないわけっ⁉」

「それはさあ、その人たちはみんな同じ方向を向いて生きているから、ほかの人の進み具合が気になるわけよ。でもオレは、そういう人たちとは、向いている方向がまったく違うから、ぜんぜん気にならないわけ。ああ～なんか、大変そうだな～って思うだけかな」

ヨシオの発言を聞いているうちに、私はふと、いまここでヨシオにイラつくのは、筋違いだということに気づいた。

いま、私が気になっているのは、自分のパートナーのことではなく、自分の稼ぎが悪くなったことだったのだ。口では結婚がどうとか、家がどうとか言っているけれど、本当に気になっているのは、自分の稼ぎが友達のそれよりも低いかどうか、その一点だった。ヨシオに文句を言うのは八つ当たり以外のなにものでもない。私は少し反省した。

確かにヨシオの言う通り、自分と同じ方向を向いている人や自分に近い生き方をしている人のことの方が、人は気になるものなのだ。同世代の女友達で、フリーランサーであり、広い意味で同じ出版業界に身を置く人間として、私にとって三山さんとマルちゃんは、どうしても気になってしまう存在なのかもしれない。

40歳前後の頃、私とヨシオの共通の友人たちのうち、普通に就職して結婚し、子供もいる人々が、相次いで一軒家を買った時期があった。みんな、高校の同級生で、本来はヨシオの男友達ばかりである。思い起こせばそんな彼らの新築の家へ遊びに行ったときも、ヨシオがなにか気にしている様子はまるでなかった。

40代で形勢逆転。サラリーマンとフリーランサー

その年も夏になって、例年通り、東京に異常な暑さがやってきた。いや、例年通りというよりは、例年を上回る猛烈な暑さで、文字通り死ぬほど暑い日々が続いていた。そしてその暑さは9月に入っても続き、なかなか収まる気配がなかった。

ビンボーになってから1年以上が経過し、赤字を貯金で補いながら暮らしてきた私も、さすがに先々のことが心配になり始めていた。

心配なのは、目先の収入の問題だけではなかった。出版不況で本の発行部数は確実に減り、リーマン・ショック以降は広告の仕事も減って、ライターやカメラマンのギャラは下が

る一方だった。これから先、多少仕事が増えたとしても、普通のライターをやっている限り、たいした稼ぎにならないことは目に見えていた。しかも、いくら住む家があるとはいえ、まだ1億近いローンが残っている。私は、自分の将来が不安でたまらなくなってきた。

会社員だったら、一般的に年を追うごとに給料は上がっていく。実際、大手に就職した大学時代のサークルの友人たちは、みんなそれなりに出世して、それなりの給料をもらう立場になっている。しかし、フリーランサーで、40歳より50歳の方が稼ぎがいい人は果してどれぐらいいるだろうか。

以前、ビルが建つほど稼いでいたベテランカメラマンさんがいたけれど、50歳を過ぎた頃から仕事が減って、タクシーの運転手になったという話を聞いたことがある。仕事が尻すぼみになっていったフリーランサーたちは、いったいどんな老後を迎えているのだろうか……想像したら、私は背筋が寒くなった。私はすでに45歳。このままぼーっとしていたら、食っていけなくなるであろうことは目に見えていた。

いっそのことライターを廃業して、他の仕事を探した方がいいのではないかとも考え始めていた。しかし、いまさらなにをやって暮らしていけばいいのか、見当もつかなかった。日増しに不安は募るばかりだったが、自分の進むべき方向と、やるべきことがわからず、時間だけが過ぎていった。

その晩もまた、ヨシオは私の部屋へやって来た。私は、ヨシオとテレビを見ながらビールを飲んでいたけれど、仕事と収入のことが頭から離れず、すっかり落ち込んでいた。フリーランサーの道を選んだことも、ライターの道を選んだことも、どちらも人生の大きな失敗だったような思いにかられてしまい、もんもんとしていた。

「あー、もー、ヨシオちゃーん……あたし、やっぱりもうダメかも」

私は自分の将来への不安感をもてあまし、ヨシオの腹に頭をぐりぐり押しつけた。

「はいはい、大丈夫。マキちゃんは大丈夫だよー」

ヨシオは私の背中をポンポンと叩いたり、頭をなでたりしてくれた。しかし、それで、私の不安が収まるはずもない。私は、キリキリと言った。

「なんでさー、なにがどうなって、どう大丈夫なのさー」

「まず、そのうち仕事は増えてくるって。それまでは、一緒に節約すればいいでしょ」

「じゃあ、もし仕事が増えていかなかったら、どうなるのさ」

「それでも大丈夫。マキちゃんにはヨシオがついてるでしょ。だから大丈夫」

「そんなこと言ったって、ヨシオはお金ないじゃん。お金稼ぐの嫌いじゃん。私のこの不安は、お金の問題なんだから」

「お金の問題なんて、たいした問題じゃないって。マキちゃんは自分が食っていくぐらいの力はちゃんと持ってるから、どうにかなるよ。それに、もしビンボーになったって、ヨシオが絶対マキちゃんを幸せにしてあげるから。だから大丈夫っ」

「うー、なんじゃ、そりゃー」

私は、「なに子供みたいなこと言ってるんじゃ、アホか」と思って、ちょっとイラッとした。ヨシオには金はない。稼いでくれる気配すらない。どうやって私を幸せにするというのだ。しかし、それでもヨシオの腹にしがみついてぶうぶう言っているうちに、私の気持ちは少しずつ落ち着いていった。それはやっぱり、ヨシオという存在の力なんだろう。

その日は金曜日で、翌日はふたりとも仕事がなく、ヨシオはうちに泊まることになっていた。30代の頃は、母親の手前、ヨシオが私の部屋にひとりで泊まることはなかった。それがいつだったか、酔っぱらって帰れなくなったヨシオを泊めてから、ヨシオはひとりで私の部屋に泊まるようになった。

はじめてヨシオをひとりで泊めた日の朝は、さすがになんとなく気まずかった。でも、ヨシオが「昨日は酔っぱらって寝込んじゃって……どうもすみませんでした」と、母親に挨拶したところ、「あらー、もう、気にしないで、いつでも泊まってちょうだい」と、返されたのを聞いて、私は、まあ、図に乗った。以来、私は、ヨシオをひとりで泊める頻度を、少しずつ、少しずーつ、高めていったのだ。

こうして、いつしかヨシオは、我が家に月に一、二度泊まったり、風呂に入ったりが、ごくごく自然にできる存在になっていった。最近では、母親の方から「今日、ヨシオ君、お風呂に入って行くかしら?」なんて、聞いてくることさえある。

つまり、すでにヨシオは、我が家のムコ状態だった。私たちは、結婚することなく、一緒に住むこともなく、まるで事実婚のような状態に落ち着きつつあったわけだ。まさしく、14年という歳月の成せる業だった。

仕事が決まったら、ふたりで暮らそう!

一方、ヨシオの方は、いますぐ仕事が減る心配はないものの、20代の頃からずっと続けてきた鈴木先生の研究室の仕事が来年度いっぱいで終わることが確定していた。理由は、鈴木先生の定年退職だった。まだ2年近くあるとはいえ、いよいよヨシオは本格的にほかの仕事を探す必要に迫られていた。

40のときでさえなかなかアルバイトが見つからなかったのに、45になって新しい仕事が簡単に見つかるとは思えない。さすがのヨシオも少々気になっている様子だった。

そんなある晩、いつものように私の部屋へ一杯やりに来たヨシオが、とある募集広告を私に見せた。そこに印刷してあった職種は、耳慣れない言葉だった。

「わーでん？」

「そう。ワーデン。管理人っていう意味らしいよ。都や区が建てた高齢者向けのアパートに一緒に住むんだって。ときどき見回りしたり、困っている老人がいたら、相談にのったりするんだって」

「へー。そんな仕事があるんだ」

「実はね、もう電話して、いろいろ聞いたの。給料はねえ、月に10万か11万だって」

「えーっ、ちょっと安いねえ……」

「と、思うでしょ。でもね、当然といえば当然だけど、居住費及び、電気代と水道代はタダだって！　社会保険完備だし、しかも、一度決まったら、本人が希望すれば、基本的に65歳ぐらいまで毎年更新してくれるらしいの」

「へーっ、いいじゃない！　で、場所はどこなの？」

「それがね、たまたまここから比較的近いんだ。ほらほら」

「あ、ほんとだ。ここなら、うちから自転車で20分ぐらいかしら。まあ、いまより多少遠くなるけど、たいしたことなさそうだねぇ」

ヨシオは、こういう話題にしては、いつになくはしゃぎ気味だった。

「あいてる時間は自由だし、週に2日は休日扱いだって。あいてる時間に絵も描けそうだし、第一、ご老人たちの面倒見るのって、オレみたいに金儲けが嫌いな人間には、ぴったりの仕事のような気がするんだよね」

話を聞けば聞くほど、金を稼ぐのが嫌いで、親切なヨシオにぴったりの仕事のような気がしてきた。さらにヨシオが続けた。

「その上さあ、この仕事、先月から募集してるけど、まだ1件も応募がないんだって」

この仕事が決まれば、ヨシオは65歳ぐらいまで、食いっぱぐれる心配が基本的になくなる。私とヨシオは、さっそくグーグルのストリートビューで、ワーデンを募集しているアパートを見てみた。写真で見る限りは、新しそうな、小ぎれいな集合住宅である。

私とヨシオのテンションは一気にアップした。

数日後の夜、私の部屋へやって来たヨシオは、にこにこしながらワーデンの話を始めた。

「実はあのあと、申込用紙を取りに行って、担当の人と少し話してきたんだ。そしたら、引っ越しの費用もある程度負担してくれるみたいなんだ」

「ふーん、なんだか、いいことずくめだねえ」

「そうだねえ。あとは、実際住んでいるのがどんなご老人たちか、それ次第だね。でもオレ、気難しいじいさんとやりあいながら仲良くなっていくのって、けっこう楽しいような気がするんだ。そうそう、忘れてた。部屋の間取り図も、もらって来たの。見てよ」

ヨシオが鞄の中から、クリアファイルにはさんであった図を取り出した。見ると、6畳が2部屋、4畳半はあるダイニングキッチン、バスとトイレは別々になっていた。

「へえ、けっこう広いねえ！　ふたりでも住めそう」

「だよねー。だからオレ、聞いてみたんだ。たとえばここに家族とふたりで住んでもいいんですか？　ってね」

「そうしたら、向こうはなんだって？」

「かまいませんって。ただ、ふたりだとちょっと狭いとは思いますがって言ってた」

「そうかなあ、広くはないけど、ふたりで住めない大きさじゃないよねえ」

「うん、オレもそう思う」

「じゃあ、もしかして、私もここに住むかもしれないのね～」

私は隣りに座っていたヨシオに抱きつき、ぎゅうぎゅう締めつけた。

「ううーっ　くるしぃ〜」

ヨシオはわざと苦しそうな声を出して笑った。そして言った。

「じゃ、オレがワーデンに決まったら、結婚しちゃうとか？」

「きゃ〜っ」

それは、突然の、しかもどさくさまぎれのプロポーズだった。私は、照れ臭さとうれしさでふざけた声を出し、いっそう力を入れてヨシオの胴体にしがみついた。

数日後には、ワーデンの面接が控えていた。

結婚しなくても、いいんじゃないの？

ヨシオは、ワーデンには選ばれなかった。

その日、帰宅したヨシオは事務局からの決定を郵便で受け取り、私の部屋へやって来た。

「ごめんね、マキちゃん。その気にさせちゃって……」

「まあまあ。とにかく、今日は飲んで、飲んで」

「うん……。来年度中に、また別の仕事、がんばって探す」

私たちは、しばらくテレビを見ながら静かに酒を飲んでいた。やがて、酔いがまわるにつれて、ヨシオは胸の内を吐露し始めた。

「面接の最初の方で、ボランティア活動で老人ホームなどに行ったことはありますかって聞かれたんだ」

「ああー」

「ないって答えたら、もうあとは、まるで興味なさそうだったんだ」

ヨシオは被災地でボランティア活動をした経験はあるけれど、老人ホームへ行ったことはなかった。

「いろいろ、考えてたんだよ。マキは両方の家を往き来すればいいやとかさ……」

「それならいまだって同じじゃん。ヨシオが両方の家を往き来してくれてるでしょ」

「でも、マキちゃん、結婚したいって言ってたし、オレ、ああいう家に住めるなら、結婚してもいいかなって思ったんだよ。ごめんね、マキちゃん、オレ、金稼がない男で」

「なーに言ってんの。稼がない男がイヤだったら、とっくの昔に別れてるでしょ」

「だははは……」

ヨシオはソファにごろんとなると、さすがにがっくりきていたのか、しばらくしてそのまま眠ってしまった。

そんなヨシオを見ていて、若い頃あんなにも強かった私の結婚願望が、もはやほとんどなくなっていることに私は気づいた。

30歳前半の頃は、あまりにも結婚する気のないヨシオに愛想が尽きて、「もしも、別の素敵な男が現れたら乗り換えてやる！」とか「あとになってプロポーズされても、もう絶対結婚なんかしてやんない！」とか、思ったこともあった。

だけど、45歳を過ぎたいま、私は、本当に、結婚してもしなくてもどっちでもいいと感じていた。いや、むしろ、結婚したり同居したりすると、男女の間にはなにかと面倒なことが増えていくような気がしていた。

結婚も同居もしていなければ、基本的にお財布が別々だから、金の使い方で意見が食い違うことはない。家や財産の所有がどうだとか、相続云々だとか、面倒な話とも無縁である。とりあえず自分自身が生きていける分だけ、そして、たまに一緒においしいものを食べに行ったり近場に旅行に行ける分だけ稼いでくれていたら、交際相手としては、特に問題はない。あとは自分は自分で、生きていくのに必要な分だけを稼げばいいのだ。

それに、部屋や家の使い方でもめることもほとんどない。私たちの場合、ヨシオの部屋はあくまでもヨシオの部屋だし、私の部屋はあくまでも私の部屋だから、その使い方にお互い口出しすることはなかった。むしろ、相手の部屋を使うときはそれなりに礼儀を意識していた。しかも、住まいが別々だから、家事の分担でケンカになることもなければ、家事のやり方に口出しされることも、することも、なかった。

しかもヨシオの場合、ほぼ毎日、私の家へ会いに来てくれている。激しい雨の日だって雨合羽を着込んで自転車を飛ばしてきてくれるし、雪の積もった日もてくてく20分かけて歩いて来てくれる。私の母親ともすっかり良い関係を築いている。ひょっとしたら、いまの状態こそ、私とヨシオにとって最良の関係なのではないだろうか。

私は、いまさら結婚する必要性を、もはやどこにも感じられなかった。

常識的、かつ、世の中が経済だけでまわっていると思っている人たちは、こんなヨシオと私の生き方を見て、「いい年して社会人として失格！　国を滅ぼすサイレントテロだ！」と、非難するだろう。私は実際に面と向かってはっきり言われたことはないけれど、人と話していて、腹の底ではそう思っているんだろうな、と感じたことはけっこうある。

確かに私は、いい年をして実家に住んでいる。ライターの仕事が激減してもなんとか暮らしていられるのは、そのお陰なんだろう。

だけど、少ないながらも毎月家にお金を入れ、親が残したビルのローンを完済できるよう、その管理を引き受けている。パラサイトシングルとバカにされたこともあったけれど、そういえば、いつ頃からか〝孝行娘〟といわれることも増えてきた。

ヨシオの場合、週に1回はお兄さん一家とお母さんが住む家に顔を出し、お母さんが作ったご飯を一緒に食べたり、洗濯してもらったり、シャワーを借りることはある。けれど、少ない稼ぎの中から毎月５０００円をお母さんに渡し、たまにお兄さんの仕事を手伝い、姪っ子や甥っ子たちに、誕生日やクリスマスにはプレゼントを、お正月にはお年玉をあげ、それなりに仲良くやっている。

確かに、フリーターであるヨシオは必要最低限しか働かないけれど、最低賃金だろうが、残業代が出なかろうが、自分の仕事はしっかりこなしている。そしてヨシオも私も、税金を払い、国民健康保険と国民年金の掛け金を支払って生きている。私たちは国のＧＤＰと出生率には貢献していないかもしれない。だけど、そのふたつに貢献していない人間＝ダメな人間と言われてしまう世の中だとしたら、やっぱりどこかおかしくはないだろうか。

そんな私たちふたりが結婚していないという事実もまた、なんだかんだ言って、一般的にはまだまだ受け入れてもらえないようだった。

そういえば、1年ぐらい前に、こんなことがあった。

私とヨシオが、マルちゃんと3人で久しぶりに飲んだときのことだ。その日、彼女はなぜか、早々に酔いが回っている様子だった。マルちゃんは久しぶりに、あなたたちはなぜいつまでも結婚しないのかと、私たちに迫ってきた。とりあえず、私が言った。

「そうねえ、別に、もはや、する必要性を特に感じないかな……。ほとんどいつも一緒にいるし。まあ、してもいいけど、無理にすることもないというか……」

彼女は、それで本当にいいの？　という表情で言った。

「でも、まわりの人に、ふたりの関係を認めてもらえないと、面倒だったりしない？」

「知り合いはみんな、私たちの関係を知ってるし、たいして親しくない人でも、聞かれれば、こういう人がいるって話はするし……。そもそも、ふたりとも会社勤めじゃないから、特に困らないというか……」

となりでヨシオは、ぱくぱくほっけの開きを食べている。口を挟まないということは、私の言っていることに同意しているのだろう。マルちゃんが続けた。

「そうは言ったって、なにかあったとき、やっぱり結婚していないと……」

今度は、ヨシオが聞き返した？

「なにかあったときって？　たとえば？」

「たとえば、ヨシオちゃんが急な事故にあったときとか……」

「そんときゃ、うちの母親か兄貴が西園寺にすぐ電話するよ」

「あたしになにかあったときも、うちの母親か兄貴がヨシオにすぐ電話すると思う。お互い、PHSの番号とか知ってるしね」

ヨシオと私の答えに、マルちゃんはどこか不満げな様子で続けた。

「万が一、ヨシオが大事故で半身不随になったり、あるいは、西園寺が大病して寝たきりとかになっちゃったりしたらどうする？」

私が答えようとした瞬間、ヨシオが先に口を開いていた。

「少なくともオレは、死ぬまで西園寺の面倒はみるぜ。確かに、高額医療とか、個室とか、そういう金がかかることはしてあげられないけど、してあげられることって、そういう金でなんとかなることだけじゃないと思うし」

ヨシオが話し終わるのを待って、私が続けた。

「いや、実際には、医療関係では金で片が付くことは多いと思う。でもそれは、私もヨシオも、自分の収入にあった範囲で治療を受けるしかないと思うし。いずれにせよ、私も、できる限り、ずっとヨシオの面倒はみると思う。ま、そんなこと言ってても、実際になってみないとわからないってのが、本当のところではあるけどね」

マルちゃんは「ふーん」と、うなったあと、すかさず付け加えた。

「じゃあさ、ふたりとも死んだらどうするの？　一緒のお墓に入れるの？」

そのとき、私とヨシオは、なんの打合せもなく、ほとんど同時に、ほとんど同じように顔の前で右手をぱたぱたと振りながら、ほとんど同じことを声をそろえて言った。

「死んだぁとのことなんて、どうでもいいよ〜」

確かに、このまま結婚していなければ、私は西園寺の墓に入るだろうし、ヨシオは野口の墓に入ることになるだろう。私はヨシオと一緒に野口家の墓参りにも西園寺家の墓参りにも、何度か行ったことがある。もしも相手に先立たれたら、墓に参るときは、それぞれ相手の家の墓に行くことになる。私は別に、それでかまわない気がしていた。

あの日、結局マルちゃんは最後まで、なにか言いたそうな表情のまま帰っていった。あれから1年。45歳を過ぎて未だ結婚しない私たちを、彼女はいまどう思っているだろうか。

老いていく親と、迫りくる老後の不安

平成22年（２０１０）、秋。私の仕事は相変わらず赤字ギリギリの状態だったが、実は、我が家はもうひとつ、大きな問題を抱えていた。去年の年末に2階のテナントが出てしまい、そのままになっていたのだ。見学に来る会社も極端に少なく、先々の見通しも暗かっ

た。当然我が家の収入は減り、毎月約10万ずつのお金が貯金から消え続けていた。

だが、家賃は相場から比べても、もう十分に安い。こればかりは待つしかないので、私はできるだけ、日々、気にしないで生活するようにはしていた。

しかも、ビルについては、もうひとつ頭の痛い問題があった。

「最低でも外壁のメンテナンスが10年か15年に一度、屋上の防水も15年に一度、それから水道ポンプの寿命は約10年、オフィスのエアコンの寿命が約15年です」

築18年が過ぎ、当初1億5000万を超えていた借金がようやく減り始めてはいたけれど、それと引き替えにビルの老朽化が始まっていたのだ。

もちろん、不具合があれば修理はしてきたが、全面的なメンテナンスは、一度もしないできてしまっていた。


そんなある日、母とふたりで夕飯を食べているうちに、たまたまビルのメンテナンスの話になった。そろそろみんなやらなきゃならないから気が重いと私が言うと、母が返した。

「建築会社はああ言うけど、外壁も屋上も、まだまだ平気よ。エアコンだって、完全に壊れるまで使えばいいじゃない」

「そうねえ……ポンプだけで100万はかかりそうだなあ。エアコンは全部交換したら約

200万、外壁も200万、屋上はやり方によるけど約50万か……」

「ええっ！　そんなにかかるの⁉　だったらいいわよ、まだやらなくて。まあ、ビルのことはあなたに任せたから、あなたの采配でよろしく頼むわ」

よろしくと言われてもなあ～と、私がさらに気を重くしていると、母が突然言った。

「あなた、私が死んだら、あの人とふたりでここに住むんでしょ？　ふたりならちょうどいいわよ、この家」

〝あの人〟とは、もちろんヨシオのことだ。

「はあ、どうでしょうねえ……」

私は適当に言葉を濁して、意識的に話題を変えてしまった。なんとなく、気恥ずかしい気がしたからだ。

いまではヨシオと母親はすっかり仲良くなっていた。母親の方から「今度、ヨシオ君も誘って、あのお店に食べに行こうか」などと言ってくることさえあった。来月には、ついに3人で熱海に1泊旅行へ行くことが決まっている。きっと母親はヨシオと私のことを、もはや結婚しているものと思うことにしたのだろう。

とにかく若い頃から、母と私は意見が合わなかった。なんの話をしても、考え方も価値観も、まったく違っていた。受験、就職、結婚と、人生の節目節目で、何度もめてきたかわからない。そんな母が、私とヨシオの、こんなわかりづらい関係を認めてくれたのだ。私はヨシオの我が家への献身に感謝するとともに、母の理解に心の奥で頭を下げた。それはおそらく、娘としてはじめての経験だった。

母はその年、75歳になった。わりあいに元気そうだったが、4年前には大腸がんの手術をしている。精神科にはずっと通い続けているし、高血圧の薬と、骨粗鬆症《こつそしょうしょう》の薬も飲んでいる。それに加えて、最近、心臓があまり良くないこともわかった。

老いていく母親を見ていて、私は、たぶん自分は一生このビルの管理をして、このビルの5階で老人になるまで生きていくのだと実感した。これまで私は、この家の借金は私のせいじゃないし、いつか私はここから出て行くだろうと、なんの根拠もなく、心のどこかでずっと思っていたのだ。

ここに住み続けるということは、ローンが完済になる約15年後まで、部屋に空きが出るたびにお金のことを考えてヒヤヒヤしながら、次々と発生するであろうメンテナンスに対応し、入居者に気を遣いながら生きていかなければならない。だから私はいままで、親の借金を背負い込むかたちになった自分はついていないと思い込んでいた。

けれど、私はこの家にもう15年以上住んでいる。しかも、ヨシオと一緒かどうかはともかくとして、おそらくこのあともずっと住んでいくのだ。ビルにまつわる面倒を引き受けるのは当然だと、私はようやく思えるようになっていた。

その晩、やって来たヨシオに、私はさっそく、母親との会話を報告した。

「今日ね、かーちゃんが、私が死んだらあんたたちふたりでここに住むんでしょって言ってたよ」

「えーっ、なんかヤだなあ。それじゃあまるでオレ、家目当てでお母さんが死ぬの待ってるみたいじゃん」

「別に、そんな風には思ってないよ」

確かに、母も私もそんな風には思っていない。でも私は、もしもヨシオに最初からうちをあてにしているところがあったとしたら、それはイヤだと思っていた。もちろん、ヨシオのことだから、あてにしていないことはわかっていた。私は単刀直入に聞いてみた。

「でもさあ、だったらヨシオは、自分は将来どうやって暮らしていこうと思ってるわけ？いまはいいけど、やがてバイトもできなくなるじゃん？　60過ぎて、国民年金だけじゃ暮らせないでしょ」

「まあ、いまと同じ部屋には暮らせないよね。でも、もっと狭くてボロい2万ぐらいの部屋とかに住めば、生きていくことはできると思うな」

「ええっ？　国民年金だけで？」

「だって、6万5000円ぐらいもらえるんでしょ？　かなりギリギリだけど、その年になれば、国民年金の掛け金を払わなくて済むことになるし、保険とか税金とか、医療費とか、高齢で無職ともなれば、いまよりは安くなるでしょ。あと、少し田舎に引っ越すっていう選択はあるよね。物価が安くなるはずだから」

「国民年金だけで暮らす」という、ヨシオの発想に私は驚いたが、確かに、普通のフリーターはそうやって暮らすか、誰かの扶養に入るか、生活保護を受けるかしない限り、生きていけないだろう。なぜなら、フリーターをしている限り、バイト収入だけで老後に備えて金を貯めることは、かなり難しいからだ。そう考えると、国民年金という制度も、その金額設定も、根本的におかしいと私は改めて感じた。

やっぱり国は、フリーランサーやフリーターを減らして、みんなどこかの組織に所属させたいと思っているとしか私には思えなかった。その方が、税金や社会保険の徴収だって、みんな会社任せにできる。だいたい、戦後に日本で専業主婦が増えたのだって、「女が家庭を守って、男がバリバリ働く国にしよう」という国策のもと、日本の社会の仕組みがそういう家庭を想定した作りになっていったからだ。国と個人の人生は一見直接関係がないようで、やっぱり密接に関係しているのだ。

私はそんなことをぼんやり考えながら、ヨシオに質問を続けてみた。

「田舎に住むったって、ひとりで引っ越すの？　そうしたら、いまみたいに会えなくなっちゃうじゃん」

「うん、だから、そうならないように、がんばる」

「がんばる？　なにを、どう？」

「がんばるって言ったら、がんばるの！　そんな先の話、あれこれ心配したってしょうがないでしょ。それに、田舎に引っ越すのは、マキちゃんと万が一別れた場合だけだよ。別れない限り、オレは東京に住み続ける方法をなんとか考えるって。大丈夫、オレはどんなことになったって、ちゃんと生きていく自信があるんだから」

そうだった。ヨシオはなぜか、昔から、いつも自分に自信があった。それをヨシオは自分で、〝根拠のない自信〟と呼んでいた。私は続けた。

「例の、根拠のない自信ね」

「そっ。だけど考えてみてよ。根拠がある自信なんて、たいした自信じゃないぜ。だって、根拠がなくなったら、ダメになっちゃうんだから。根拠なんてあろうがなかろうが、そんなものはどうでもいい自信。それが本当にその人を支える自信なのさ」

確かにヨシオだったら、健康な限り、その場その場で物事を解決して、ギリギリながらもなんとか暮らす方法を編み出してくれそうな気がしないでもない。だけど、50歳を過ぎたら、人はいつ、どんな病気になるかわからない。バイトだってリストラされるかもしれない。私はそんな不安をヨシオにぶつけてみようかと思ったけれど、やっぱり止めた。

なぜなら、根拠のない自信に支えられて生きるヨシオの頭の中には、〝将来の不安〟がほとんど皆無だからだ。考えてみれば、〝将来の不安〟は、人を動かすもっとも大きな原動力のひとつだ。将来が不安だから、それに備えて、たくさん働く、お金を貯める、住む場所を確保する……。もちろんそれは、真面目な生き方といえるかもしれない。だけど、将来の不安が強すぎて、現在の生き方を見誤っている人も多いのではないだろうか。

「でも、まったく根拠がない自信ってわけでもないんだぜ。いままで生きてきて、人生、本当に取り返しがつかないことなんて、人が死ぬことぐらいしかないって、オレ、わかったから」

ヨシオが口を開いた。

「収入が減ろうが、実家が破算しようが、親が急死しようが、自宅を取られようが、一度乗り越えてしまえば、別に人は生きていけるってことさ」

ヨシオの言葉を聞いていて、10年以上前にヨシオの実家が銀行に取られてしまったとき、ヨシオがやけにあっけらかんとして見えたことを思い出した。でもきっとあの時点では、ヨシオはその事実を乗り越えようと必死だったのだ。鈍い私は、いま頃になって、ようやくそのことに気づかされていた。

確かに、〝将来の不安〟をなにも感じていないヨシオは、見ようによっては「バカ」に見える。だけど、見ようによっては「強い」ようにも見えてくる瞬間があるのだ。

ヨシオはいつも先々の心配をしていない。なにがあっても乗り越えていけると自分を信じている。――根拠のない自信――。たぶんそれがあるからこそ、彼はいつも笑って暮らしていられるのだ。

ついにやってきた財政危機。そして……

その年、クリスマスが近づき、寒さが本格的になってきてもあいかわらず我が家の2階は空いたままで、すでに100万近くのお金が貯金から消えていった。年末になると、テナントの見学は減るのが普通だ。今年はもう決まらないかもしれないと思うと、私はいっそう暗澹たる気持ちになった。テナントが空くのは何度も経験してきたけれど、ここまで長引いたのははじめてだった。もうビルが古くなってきたから、このままずっと決まらないんじゃないか……そんな妄想が私を脅かし始めていた。

私の個人的な収支も、ここ数ヶ月、すっかり赤字になっていた。私は思いきって、スーパーやコンビニでアルバイトを始めようかとも考えてみた。だけど、いま現在、月にまだ10万～20万はライターの仕事がある。なのに、もしもバイトを始めたら、取材や打合せに対応できなくなってしまう。しかもアルバイトの時給は９００円～１０００円だ。フルタイムで入ってもたかがしれている。仕事が減っているとはいえ、ライターの仕事をしていた方が、まだ効率がいい気がして、私は思いとどまっていた。

テナントの空きとお金と自分の仕事の心配が重なり、私は日に日に精神のバランスを崩していった。おまけに仕事がない分、時間を持て余していた。人間、暇になるとろくなことは考えないもので、頭に浮かんでくるのは悪い考えばかりだった。夜は夜で眠れず、あれこれと悪い妄想ばかり反芻してしまっていた。

私は、自分がこうなってみて、心底、ヨシオのたくましさに感心した。借金のかたに生まれ育った実家を失い、本人はあの経済力で、一時は１０００万という借金を負わされながらもあれだけ楽しそうに生きていられるのだ。

イヤイヤとか、仕方なくではなく、自ら望んで金を稼がない、収入が少ない人生を選んだヨシオ。彼のように、ビンボーでも自分は朗らかに生きていけるという自信と強ささえあったら、きっと生活の多くの不安やいらだちは消えてしまうだろう。

しかし、ヨシオのように強くなれない私の頭の中では、貯金が減っていくのに比例して、将来への不安が増していく一方だった。そして、このまいったら私は完全にうつ病になる——そう感じたある日のことだった。突然、私の中で、なにかが吹っ切れた。

「やっぱり、なんとかして金を稼ぐ、この先生きていくためには、それしかない」

私はついに、ライターとしての営業活動を開始する決心を固めた。バイトを探したりほかの仕事のことを考えるのは、ライターとして全力を尽くしてからでも遅くない。

私はまず、自分が書けそうな書籍の企画をまとめ、知り合いの編集者に出し始めた。と同時に、インターネットで検索を重ね、ライターや本の企画を募集している編プロに当たりをつけては、作品集と職務経歴書の郵送を始めた。

事態がすぐに好転することはなかったけれど、少なくとも、ヒマな時間にやることができただけでも、私の精神状態はやや落ち着きを取り戻し始めていた。

そうこうするうちに平成22年が終わり、2階のテナントが決まらないまま、我が家は暗い正月を迎えていた。ここ数年、良くなっていた母親のうつ病も、空き室が長引くにつれて、芳しくない傾向が出始めていた。

私の仕事の方も、営業活動を始めてみたものの、増える気配はなかった。年末年始にかけていくつか書き上げた企画書も、編集者たちから「このままでは企画会議に出せない」とか「会議に出したけどダメだった」といった、悪い返答ばかりがあいついでいた。

そんな、我が家の財政状況も、私の仕事の状況も最悪だった平成23年（2011）3月11日、東日本大震災は起きた。

あの日は確か、金曜日だった。前日に我が家の冷蔵庫が壊れてしまい、その日はたまたま仕事が休みだったヨシオにつきあってもらって、私は午前中から新宿の家電販売店をまわっていた。なんとか安くていい冷蔵庫を見つけた私たちは、新宿で遅めのランチを食べて、私の家へ戻った。ヨシオは家でお兄さんに頼まれた雑用かなにかがあるとかで、私の部屋でコーヒー1杯を飲んだだけで、早々に自転車で引き上げて行った。

私がパソコンを立ち上げ、メールを確認し、ちょっと仕事でもしておこうかなあと、資料を開いて読み始めたところだった。カタカタカタカタ……机の隣りに置いてある大きな本棚が小刻みに揺れ始めた。ああ、地震かあと思い、そのまま本を読み続けていたが、いっこうに収まらない。やけに長いなあと思っていたら、収まらないどころか、その揺れは次第に大きくなってきた。ただの地震ではないと感じた私は、部屋を飛び出し、母親がいる居間へ向かった。その頃には、地震は震度4ぐらいの勢いで揺れていた。食器棚を手で押さえている母親に、「そんなことはいいから、早くこっちに来なさい！」と叫んだ。

母は私を無視してしばらく食器棚を押さえていたが、揺れがいっそう激しくなると、ついにそこから離れて部屋の真ん中に立って中腰になった。私の横では、ピアノが大きな音を立てて何度も壁にぶつかっていた。

台所では、電子レンジが台から転げ落ち、食器棚の扉が開いて、器が次々と床に落ちては割れていった。やがて、一度収まりかけた揺れは再び大きくなり、あきらかに生まれてはじめて経験する激しさで、揺れだした。私ののどから、思わず声が漏れた。

「あっ……」

その後、一瞬、音を立てて家全体が大きく揺れたあと、ようやく地震は収まっていった。

「はあ……」

私がひと息つくと、母が言った。

「いやあ、大きかったねえ……」

地震が落ち着いたので、私はもうなにも問題はないだろうと思っていた。ただ念のためドアを開け、テナントの様子を確認に行ってみることにした。

すると、3階と4階のどちらの部屋にも、壁に何ヶ所も亀裂が入っているではないか！

「うわーっ……」私はテナントの人々の前で、口を手で押さえて、呆然としてしまった。

2階の鍵を開けて中に入ってみると、そこにもやはりいくつも亀裂が入っていた。

さらに1階まで下りてビルを見上げたとき、私は愕然とした。道路に、うちのビルの外壁から剥がれたタイルが何枚か落ちて割れていたのだ。おまけによく見ると、壁には剥がれかけている危ないタイルが、まだ何枚も残っていた。タイルが落下して道行く人にでもあたったら、それこそ大ごとだ。

「えらいこっちゃ……」

私は、当然、ほかの家もそういう状態なのだろうと思って、改めてまわりを見まわしてみた。すると、人々は道路に出てあちこちで固まっていたけれど、どの家も、どのビルも、外から見る限り、なんの変化もないではないか。うちの1階から出てきてビルを見上げている女の人が、ちょっとあざけるように言う声が聞こえてきた。

「なんか、このビルだけじゃん……」

私はむっとしたが、確かにその通りだった。我が家は建築費はまったくケチらず、大手の建築会社に設計も施工も依頼していた。なのになんだって、うちのビルだけこんな状態なのだ！　私は大あわてで5階に戻り、ガムテープを持ってくると、各階の窓から手の届く範囲で剥がれかけている危ないタイルを貼り付け、急いで応急処置をして回った。

やがて、私が2階の窓から顔を出してせっせとガムテープを貼っているとき、ひときわ大きな余震が起きた。あまりの揺れに手を止め、私はいったんビルから出た。道には、あちこちから人が出て来て立ち尽くしていたが、混乱はなかった。しばらくすると、揺れは収まっていった。

そのとき、ＰＨＳが鳴って、私は我に返った。ヨシオからだった。

「マキちゃん、大丈夫だった？」

ヨシオはまったく落ち着いていた。聞くと、ヨシオの家も実家も、たいした実被害はないという。私は自分も母も無事だけれど、地震が起きたときの驚きと、ビルの外側と内側の状況を早口で説明したあと、ヨシオに繰り返して聞いた。

「本当にヨシオの部屋はなんともないの？」

「うん、本が何冊か落ちて、皿が1枚割れたけど、その程度」

なんでうちだけ、こんな状態なんだ……私の頭の中は、焦りと怒りでいっぱいだった。

「とにかくオレ、もうちょっとしたら、すぐそっち行くから」

「うん、お願い」
私はPHSを切った。よく見ると、PHSには兄からメールが来ていた。
「こちらは家も会社も無事。そちらは大丈夫?」
私はすぐに兄の携帯に電話をした。PHSからかけたからか、電話はすぐにつながった。私はこちらの状況を手短に報告して電話を切ると、居間の片づけを始めた。

後日やってきた施工業者の調査の結果、我が家は外壁の全面的なメンテナンスが必要になった。ただ、うちだけなんでこんなことになったのか、施工業者から明確な答えはなかった。地盤の問題がどうとか、共振現象がどうとか言っていたが、施工業者にしても、「わからない」というのが、本音のようだった。

うかつなことに、我が家は地震保険に加入していなかった。しかし、こうなった以上は、金がかかろうがなんだろうが、ビルを直すしかない。ただでさえ2階が空いたままで先行きが不安なのに、いったい修理代はいくらかかるのだろうか。もしも修理代が500万を超えたら、うちは破算する……私は生きた心地がしなかった。

震災では、家どころか家族を失った人も多いのだから、我が家の被害など大したものではないことはわかっていた。でも、ここはいわゆる被災地じゃない。東京の真ん中だ。私は、なんで自分だけがこんな目に遭わなくちゃならないのかと、運命を呪った。

その頃、施工業者と相談を続ける間も、夜寝ている間も、ひっきりなしに余震が起きていた。そのたびに、私はタイルが通行人の上に落ちやしないだろうかとはらはらし、大きな余震のときは夜中でも飛び起きて、窓から懐中電灯を当ててあたりを確認した。そんなことを繰り返しているうちに、私はすっかり余震が恐ろしくなってしまい、胃と腸の調子が悪くなり、食欲が無くなった。

そして私は、再び、眠れなくなった。

ヨシオのひとこと

お金の問題なんて、
たいした問題じゃないって。
マキちゃんは自分が食っていくぐらい
の力はちゃんと持ってるから、
どうにかなるよ。
（p.176）

ヨシオのひとこと

大丈夫、オレは
どんなことになったって、ちゃんと
生きていく自信があるんだから。
（p.195）

将来の不安とお金の関係って……

マキエのつぶやき

“将来の不安”を
なにも感じていないヨシオは、
見ようによっては「バカ」に見える。
だけど、見ようによっては
「強い」ようにも見えてくる瞬間があるのだ。
（p.197）

マキエのつぶやき

彼のように、ビンボーでも自分は朗らかに
生きていけるという自信と強ささえあったら、
きっと生活の多くの不安やいらだちは
消えてしまうだろう。
（p.199）

**人がお金を欲しがる大きな理由のひとつは、
“将来の不安”に備えるため。
将来、ちゃんと生きていける自信があったら、
仕事にもお金にも、
それほど執着する必要はないのかもしれない。**

5章

“幸せ”は、どこにある!?

〃世界〃はキミのためにある！

平成23年（2011）、3月。あの日以来、私は余震がくるたびに動悸《どうき》がして、冷静でいられなくなった。それは大きな揺れに限らず、どんな些細な揺れでも同じで、ほとんどノイローゼのような状態だった。自分の心臓が脈打つ音に驚き、「揺れてるっ！」と騒ぎ出すこともよくあった。

世の中では、マスコミ的にも世間的にも、原発の存在が大問題になっていたけれど、私の頭の中には、ビルのこととお金のこと、そして自分がこの先も食っていけるのかということしかなかった。自分と直接関係のあることしか、考えられなくなっていたのだ。しかも悪いことに、どれもこれもうまくいかない展開しか、思い浮かばなくなっていた。

震災以降、私が抱えている問題にはすべて〝お金〟が絡んでいた。私は、我が家がもっと金持ちだったらこんな心配はしないで済んだのに……と、ちょっぴり父を恨んだ。けれど、ヨシオがもっと金持ちだったらとか、ヨシオがもっと稼いでくれたらとか、あるいは、もっと甲斐性のある男とつきあっていたらとかは、まったく思わなかった。

それどころか、先行きの見えない日々の中で、ビンボーだろうが、フリーターだろうが、ヨシオというパートナーがいてくれるのがどれほどありがたいことだったのか、私はおそらくはじめて、心からかみしめていた。

あの日以来、ヨシオは仕事で職場に行っている時間以外は、できるだけ私のそばにいてくれるようになった。日に何度も襲ってくる余震続きの日々のなかで、地震がくると、「あーっあーっ」と泣き叫ぶ私の手を握り、背中をさすりながら「大丈夫、大丈夫」と繰り返してくれた。私は、週に一度、ヨシオが私の部屋に泊まってくれるときだけ、落ち着いて眠ることができた。

そうした中で、私は46歳の誕生日を迎えた。ヨシオはつきあい始めた年からずっと、私の誕生日には必ずちょっとしたレストランを予約して、なにかしらプレゼントをくれたが、その年も例年通り、いろいろと準備してくれた。あまり食欲もなく、外へ出かけるのがおっくうになっていた私は、今年は私の家で乾杯する程度でかまわないと言ったのだけれど、ヨシオはこんなときだからこそと、南青山のレストランを予約してくれていた。

「マキちゃん、お誕生日おめでとう！　これからもずっと、ふたりで仲良くやっていこうね」

私たちは乾杯をして、久しぶりの外食を楽しんだ。ヨシオと一緒だったこと、料理がおいしかったこと、多少お酒が入ったこともあって、私はしばらくの時間、自分が抱えているさまざまな問題を、頭の片隅に追いやることができた。

やがて食事が終わり、私たちのテーブルにデザートとコーヒーが運ばれてきた。見ると、私のデザートは豪華に盛りつけされ、チョコレートでお皿のまわりいっぱいに「It will be all right」と書かれていた。普通は「Happy Birthday」のところを、ヨシオが事前にお店の人に頼んでくれたのだろう。お皿を運んできたお店の人も、私の反応をなんとなくうかがっている。It will be all right——大丈夫、うまくいくさ——ヨシオはテーブルの向こう側でいたずらっぽい笑顔を浮かべていた。

「うわー、ありがとう……」

私は照れて、ほかになにも言えなかった。すると、さらにヨシオは鞄から、なにやらプレゼントを取り出した。

「はいこれ。マキちゃん、今年のお誕生日プレゼント」

「わー、プレゼントもあるんだ。うれしいなあ。何だろう……」

リボンをはずし、包み紙を開けると、そこには額に入った1枚の絵があった。

上部には「XXI」の文字があり、中心には薄衣をまとった半裸の女性が両手にバトンのようなものを持って、そのまわりをたくさんの葉で作られた輪が囲っている。四隅にはそれぞれ、鷲、ライオン、牛、天使が描かれ、一番下に「THE WORLD」と描かれている。

「これって……」

「そう。タロットカードの『世界』。真ん中の女の人、ちょっとマキちゃんに似せてみた」

「世界」は、タロットの中では最高の幸運を示すカードとされている。私とヨシオは、たいして占い好きではないけれど、カードのデザインが好きで、タロット占いだけは、ときどきしていた。あまりいい結果が出ないとき、私はよく「ちぇっ、〝世界〟なんて出たことないよ……」とぼやいていたのだ。プレゼントの絵を手に見つめたままの私に、ヨシオが言った。

「マキちゃん、ここのところずっと元気ないから、少しでも元気出してもらおうと思って。『世界』が出れば、もう安心でしょ」

私は、ヨシオが描いてくれた世界にたった1枚の手描きの「THE WORLD」を見ながら、泣きそうになった。おそらくヨシオは毎晩遅くまで私のそばにいてくれたあと、自分のアパートに帰ってこの絵を少しずつ描いてくれたのだろう。

「ありがとう。なんか、本当に久しぶりに、なんとかなるような気がしてきた……」

「そうそう。絶対なんとかなるから。仕事もビルも。万が一ならなかったら、そのとき一緒に考えよう」

こうして、私の46歳の誕生日は、忘れられない日になった。

その後、施工業者が提示してきた修理代は、全部で約400万だった。かなりの大金ではあったけれど、私は、自分と母の定期預金を解約し、暴落した投資信託などを売って、なんとか修理代を支払うめどを立てた。あとは無事工事が終了すること、そして、1日も早く、2階にテナントが入ることを祈るしかなかった。

すると工事が決まった直後、思いがけない知らせが不動産屋さんから飛び込んできた。ビルがまだこんな状態にもかかわらず、2階を借りたいという会社が現れたのだ。

話を聞いてみると、その会社がもともと入っていたのはかなり古いビルで、今回の地震によるダメージはうちのビルどころではなく、転居を決意したのだそうだ。不動産屋さんの話によると、なんでも、この地震で個人や会社の引っ越しが相次いでいるという。

結局、あんなに入らなかった2階は、地震が起きたことで入居が決まった。ずっとさぼっていた外壁のメンテナンスだって、地震が起きたことで工事を始める決心がついた。修理のため大金が必要になったとはいえ、なんとかまかなえることになり、家賃収入のめども立った。ひょっとしたら、すべては、ヨシオが描いてくれた「THE WORLD」のおかげかもしれない、そんな風に思ったりもした。

私は、やっと前を向き始めていた。仕事については、ここらで一か八か、大きく方向転換をすることに決めた。それまでは、「なんとなく売れそう」な企画や「ここのところの流行り」の企画ばかりまとめていたのだけれど、一念発起して、自分が本当に書きたい企画だけを考えてみることにしたのだ。

そうしてみてはじめて、実は私には書きたいことがいろいろあるという事実に気がついた。そして、もしも企画を通せれば、それらを思う存分書けるということが実感としてわかった瞬間、私は突然、10歳ぐらい若返ったかのような、晴れ晴れとした気分になった。

そして、以前からずっと書きたいと思っていたクラシック作曲家をテーマにした読み物の企画をまとめ、とある編集プロダクションに送った。

平成23年、初夏。ビルの補修工事が完了し、テナントも1階から4階まですべて満室になって、我が家が久しぶりに落ち着きを取り戻していたある日、いつものように、昼食後にメールをチェックしてみると、編プロから1通のメールが入っていた。

「先日いただいた企画案ですが、S出版様よりご連絡があり、正式に発行が決まりました」

私は、パソコンのモニタの前で、ガッツポーズをとって小さく叫んだ。

「ヨッシャーッ!」

自分の名前で本を出すのは、35歳のとき以来、実に10年ぶりのことだった。ここへきて、10年間破れなかった壁を打ち破った原動力は、「このままいったら食えなくなる」という、なんとも現実的な焦りと、「自分が本当に書きたいことを書いてみたい」という、物書きの端くれとしての根元的な欲求だった。

ヨシオの愛と正義

一方、鈴木先生が今年度いっぱいで定年退職になることを受け、新しいバイトを探していたヨシオだったが、折良く来年度から運動場の監視員の仕事が増えることになって、とりあえず仕事の心配はなくなっていた。いつのまにか運動場の監視員の中でもっとも古株になっていたヨシオは、新人が入るたびに、教育係を任されるようになっていた。

そんなある晩、高田馬場で仕事があった私は、9時頃、ヨシオの部屋に寄る予定になっていた。仕事を終えた私が東西線の駅から電話をすると、ヨシオが言った。

「寄ってくれるのはいいんだけど、オレ、ちょっと仕事してるから、許してね。明日使う資料作ってるの。あと1時間ぐらい、かかりそう」

「うん、いいよ、別に」

深く考えず、私は電話を切り、途中のコンビニでビールとポテトチップを買ってヨシオの部屋へ行った。ヨシオは6畳間のはじっこに座り込んで、パソコンに向かっていた。私は久しぶりのヨシオの部屋で、ベッドの上に座り、相変わらずモノで埋め尽くされているこたつ机の上に勝手にわずかな空きスペースを作って、ひとりで先にビールを飲み始めた。

「ねえねえ、何の資料作ってるの?」

「うーん? 明日の新人研修の資料……」

「ふーん。本部に頼まれたの?」

「ううん……オレが新人さんに仕事を説明するにあたって、あった方がいいと思って」

「ふーん。ゆっくりやってね」

ヨシオが真剣に仕事をしているので、私はそれ以上口出しせずに、黙ってテレビを眺めていた。しかし、新人研修のための資料なんて、本来本部の人間が作るべきだろう。安い時給で使われているバイトに新人教育までやらせておいて、残業代も何の手当も出さないとは笑わせると、私は密かに腹立たしく感じていた。

でも、あいかわらずヨシオの方は、そんなことはまるで気にしていない様子だった。彼はもくもくと資料を作り、しばらくしてからプリントを始めた。

「お待たせー。これで終わったから、オレにもビール飲ませて」

ヨシオは置いてあった缶ビールを開けて、おいしそうに飲み始めた。

間もなくして私たちは、昔見たあの映画が面白かったとか、あの映画は忘れられないとか、そんな話を始めた。ヨシオが言った。

「忘れられないって意味では、『自転車泥棒』は忘れられないな。イタリア映画の」

「あー、あの悲しい映画ね」

『自転車泥棒』は、第二次世界大戦後のイタリアを舞台にした、貧しい父と幼い子の物語だ。父親は新しい仕事に就くために自転車が必要だったのに、自転車を盗まれてしまった上に、いろいろ辛い目にあい、生活のため、思いあまって人様の自転車に手を出してしまう。ところがそれがすぐに見つかってしまい、父親は、その場にいた市民たちや警察官に激しく責め立てられる。その後、彼はなんとか開放されるが、一部始終を見ていた息子が、よろよろと歩き出す父親にかけ寄り、その手をぎゅっと握りしめる。そんなふたりの後ろ姿で、映画は終わる。

「あの映画、若い頃に見て、すごく印象的で……。でも実は、忘れられなくなったのは、オレ自身に、自分の愛と正義を考えさせられる、悲しい思い出があったからなんだ」

ヨシオは、こんな思い出を話してくれた。

彼は私とつきあう少し前に、道で、挙動不審な中年男性を見かけたことがあるのだという。その人は、娘と思われる小学校1、2年ぐらいの女の子と一緒に歩いていたのだけれど、突然、近くを歩いていた中年の女性に向かってなにやらいちゃもんをつけ、大声でどなり始めた。どなられている女性はとても困惑して怯えていた。見かねたヨシオは、その男性のところまで行って、「この女性はなにも変なことはしていなかったですよ、僕は後ろからずっと見ていました」と、女性をかばった。ヨシオと男性は、ちょっと言い合いっぽくなったけれど、やがて男性はぷいっと前を向いて歩き出した。ヨシオは女性から、

「本当に、どうもありがとうございました」と感謝された……。

「なんだ、いい話じゃない。助けてあげたんでしょ?」

「いや、そのあとなんだよ。オレが女の人に挨拶して前を向いたとき、少し離れて待っていた女の子がその男の人に駆け寄って行って、ぱっとその手を握ったんだよ。そのふたりの後ろ姿がさ、『自転車泥棒』の最後のシーンにそっくりで……」

「……」

「あの瞬間、オレ、『自転車泥棒』で事情も知らずに、正義を振りかざして主人公を責め立てた市民と同じことをしただけのような気がしてさ。たぶん、いま思うと、あの男の

人、精神病的な人だったと思うんだ。でもあの瞬間、オレは、女の人が困ってるって、それしか頭になくて」

話を聞いていて、私は、ヨシオを抱きしめたくなった。

「でもさ、その女の人には、すごく感謝されたんでしょ？」

「うん……。でも、それはこちら側の正義でしょ。男の人にオレがガンガン文句言っていたときの女の子の気持ちを考えると、いまでもたまらないね。あの日、オレはなんて頭でっかちでバカなヤツなんだって思ったら涙が出てきてさ、泣きながら帰ったのを覚えてる」

「……仕方ないよ。仕方ない。ヨシオは悪くないよ」

「愛と正義って、当たり前だけど、そんなに簡単な話じゃないんだよな。どの方向からどう見るかで変わってくる。だからいつも、自分は絶対正しいなんて、思っちゃダメなんだよな。だけど、自分の正しさを信じていないと、しっかり生きられない。そこが難しいのさ。なんてね。だはは」

私はこの日、ヨシオと話していて、彼はきっと、一生このまま変わらず、ずっと安いアルバイトの仕事を続けて生きていくだろうと思った。

そして、もしそうだとしても、それでもかまわないと思った。

ポスドクは辛いよ——超高学歴者の実状

7月になって、私は自分の本の執筆を開始した。

私は、自分が書きたいことが書ける喜びをかみしめていた。毎日毎日、自分の好きなことを楽しんでいるという感覚で、仕事をしているという感覚はほとんどなかった。これでお金をもらえるなんて、なんだか魔法のようだとさえ思った。

バッハ、ベートーヴェン、モーツァルト、ショパン、そして私の愛するリストなど、クラシックの作曲家たちの暮らしと恋愛に想いをはせ、時代と言葉と現実を飛び越えて彼らと対話する毎日……。平成23年の夏の日は、私にとって喜びのひとときだった。

そんなとある土曜日の昼過ぎ、クリさんから、私たちにメールが入った。「よかったら、今日、3人で飲みませんか？　新宿で学会があって、4時には終わるんです」。私とヨシオは、クリさんの誘いに乗ることにして、5時に三丁目の交差点で待ち合わせをした。

クリさんは学者である。専門は「カタツムリ」だ。クリさんがカタツムリについていったいどんな研究をしているのかいまだに私にはよくわからないけれど、とにかく、学者であることは間違いない。クリさんは、カタツムリのなにかに強くひかれて、その研究をずっとしてきた。大学卒業後に大学院に進み、修士課程を修了。そしてその後、一度、とある県の環境研究所に研究員として就職した。さらにそこで論文を書いて博士になった。つまり、正真正銘のインテリである。

だが、彼が一番最初に就職したとある地方の研究所は内部が腐っていた。上層部は、労働条件の契約違反を平気で行い、クリさんは入所早々、「話が違う」と闘わざるを得なくなった。クリさんの労働条件に限らず、所内では一事が万事その調子で、要するに、上層部は自分たちの都合だけで研究所のすべてを動かしていたらしい。すったもんだの挙げ句、最後にクリさんは上層部に罵声を浴びせ、3年足らずで退職してしまった。以来ずっと、あちこちの研究プロジェクトや大学などを渡り歩いて暮らしている。ひとつの組織に属していない、将来が安定していないという意味では、フリーランサーと似ている。

そんなクリさんは独身で、いま現在、お父さんとふたりで都内の実家に暮らしている。

ヨシオは仕事があったので、私はひとりでクリさんとの待ち合わせ場所に向かった。

「やや、どうもー。おつきあいいただき、感謝、感謝。ヨシオちゃん、仕事がトラブって、1時間ぐらい遅れそうだって」

見ると、私のPHSにも着信履歴とメールが入っていた。運動場の電気系統が突然故障して、復旧まで動けないという。私とクリさんは先に飲み屋で一杯やっていることにした。

私たちは、高校生の頃から通っていた行きつけの中華料理居酒屋に入り、まずは瓶ビールを分け合った。私は、とりあえず、クリさんに最近の調子を聞いてみた。

「うーん、いまはちょっと落ち着いたけどね、少し前までガタガタしてたんだよ」

クリさんは、この春から、また仕事場を移ったのだという。いまは、とある大学の研究室に所属しているそうだ。

「大学の職員になった、てことではないの?」

「違いますよー。私の立場で大学の正式な職員っていったら、基本的に、助手、講師、准教授、教授だけ。私はなんつーか、ひとりの研究員。まあー、臨時の契約社員ってところかな」

「そういえば、大学ではいまも教えてるの?」

「まあね。1ヶ月に4コマか5コマぐらいだけど」

「そういうのって、時給はいいんじゃないの?」

「あー、時給にしたらいいだろうねえ。たぶん、８０００円とか９０００円とか？」

「うわー、ヨシオの10倍だね。もちろん、特殊技能だから当たり前だけどさ」

「あはははは」


私はクリさんと話しているうちに、先日見たテレビで、博士号をとった高学歴の人々がなかなか定職に就けないことが社会問題になっているという話を思い出していた。その話題を出すと、クリさんが言った。

「ポスドクって知ってる？　ポスト・ドクトリアの略で、博士号をとったけれど定職につけない人のこと、ポスドクっていうんだよ。だいたい、研究職で、会社員でいうところの正社員的立場って、そもそも圧倒的に数が少ないわけ。そんで、若いうちに定職につけなかった研究者たちは、大学の非常勤講師になって教えるか、誰か別の人がやっている研究プロジェクトを手伝ったりして、不安定な生活を送るしかなくなっていくわけ」

「じゃあ、研究者として、自分が本当にやりたいテーマをずっとやって、定年までそれで稼げる人って、結局、どんな人なわけ？」

「そうさねえ、分野によっても違うけど、若いうちからどっかの大学か研究所の職員になって、常にいい論文書いて、実績を認められて、そのあとも、国とかが公募している研究に自分で応募して、それをしっかり売り込んで、ちゃんと研究費を取ってきて、そんでまた実績出してって、それをずーっとやり続けられる人だね」

「なんだか、けっこう大変そうだね……」

「そう。大変なの。研究者でちゃんとやっていくって、実はロックスターになるぐらい大変なことだったのよ、ははは」

クリさんはそう言って笑った。確かに、自分がやりたいテーマを追究し続ける学者なんて、ある意味音楽家や絵描きなんかと一緒で、芸術家みたいなもんだ。自分の好きなことを追究するわけだから、確かに夢のある職業だけれど、それだけで食っていける人は、ほんのひと握りの世界なんだろう。私は続けて聞いた。

「やっぱり、社会の役に立ちそうな研究をしている人の方が、研究費が出やすいの?」

「あー、そこがまた難しいところでね。確かに、いますぐにも役に立ちそうな研究だとお金は下りやすいけど、そうは言っても、『社会に役立つ』って、一体どういうことなのか、考えてみたら難しいじゃん」

確かに、ある人にとっては役に立つものも、ある人にとってはまったく役に立たないなんてことは、よくある話だ。そもそも、役に立つ・立たないですべての物事を判断していたら、きっと世の中はひどいことになってしまうだろう。私はクリさんの言うことに肯いていた。だいたいクリさんの「カタツムリ」の研究だって、どこがどう役に立つのか私にはわからない。でも、理由を説明できないけれど、誰かが真剣にカタツムリについて研究するのは、やっぱり大事なことのような気がした。

「だけどさ、ポスドクと呼ばれる人たちが65歳ぐらいになったら、どうやって生きていくのだろうか。学者だったけど、定職につけなくて老後を迎えてしまった人たちは……。特に、家がない人とかさ……」

「そういう人たちが大量に発生するのは、実は俺ら世代からなの。だから、そういう人たちがどんな老後を送るのかは、まだわかりません。要するに私、時代の最先端をいっているわけよ。だはははは」

時代の最先端という意味では、ヨシオも同じかもしれない。ヨシオのように、中高年フリーターと呼ばれる人々が、そのまま50、60と年をとって、どんな老後を迎えるのか。そういう人はいったいどれくらいいるのか。そして彼らは本当に暮らしていけるのか。それが判明するのは、昭和40年前後に生まれた私たちが老人になる、これから、だ。

私は、さらにクリさんに質問を投げかけてみた。

「定職につけない学者さんたちって、将来が安定していないし、収入も不規則だったり、結局は普通の会社員より少なかったりするわけでしょ？　そういう男の人たちって、なかなか結婚できないんじゃないの?」

「と、思うでしょ。ところがね、本気で結婚しようと思う人は、金がなかろうが仕事がなかろうが、しちゃうんだよね。本気で子供ほしい人も同じ。最近の男性は収入が落ちてるから結婚できないってよくいうけど、それはことの本質をとらえていない気がするね」

「は、はーん、なるほど。やっぱりそうか」

私は、草間君が言っていたことを思い出していた。

しばらくしてクリさんはひと息ついてたばこに火をつけると、つぶやくように言った。

「まあ、なんだね。オレの場合、やっぱり、最初の就職で入った研究所で、大きく予定が狂ったね。ま、全然後悔してないし、けっこうその後も好き勝手生きてるけど」

実はヨシオとクリさんには似ているところがあった。世の中の理不尽なものに対して、どうしても目をつぶっていられないのだ。もしもクリさんが、最初の研究所の上層部の悪行に目をつぶって、おべっかのひとつも言っていたら、そこを踏み台に、いま頃どこかの大学の教授にでもなっていたかもしれない。もちろん、そんなことをせずに、いまこうして酒を飲んでいるクリさんの方が、私はずっと好きだ。第一、腐った上層部に真っ向勝負でケンカを挑んで、言いたいことを言って辞めるなんて、気持ちいいではないか。

「ま、好き勝手に生きていられるのも、経済的に本当にカツカツってわけじゃないからだけどね。もし本当にカツカツだったら、誰だってこんな風に飲んでられないでしょ」

「あはは。まあね。でも、ヨシオなんか、かなりカツカツだよ」

「あー、あの人の場合は好きでやってるわけだから」

「ははは……」

さすがクリさん。ヨシオのことをよくわかっていた。

「アリとキリギリス」のキリギリスのように

クリさんとふたりでヨシオの到着を待っていた私は、少し話の方向性を変えてみた。

「そういえば、2年ぐらい前に、軽音の飲み会で草間君に会ったんだけどさ、彼なんて子供3人育てて、一番上はもう成人式だって。なんか、そういう人の話聞くと、こんな生き方で、どうもすみません、みたいな気分になるときがあるのよね」

「ああ、わかるわかる。アリとキリギリスみたいな気分になるんじゃない？」

「アリとキリギリス？」

「結局、会社員みたいにお金も貯まっていないし、なにか成し遂げたわけでもない。子供も育ててない。みんながアリみたいにちゃんといろんなこと我慢して働いてきたのに、自分はそういうことを一切放棄して、キリギリスみたいに好き勝手に暮らしてきたんじゃないかって……で、最後には、キリギリスみたいにのたれ死ぬか、アリにお情けで助けてもらう人生なんじゃないかって……俺たまに、調子が悪いとそういう気分になるんだ」

そのときだった。仕事を終えたヨシオが、居酒屋に威勢良く登場した。

「おまたせっ！　お、あいかわらず、うまそうなバンバンジーだねっ。ここのバンバンジー、うまいんだっ。おねえさーん、すみません、ビールとグラスお願いしまーす」

そんなヨシオを見て、クリさんはつい、苦笑した。

「ははは。いいねえ、ヨシオちゃんは相変わらず、明るくって、元気そうで……」

ヨシオはさっそくバンバンジーをむしゃむしゃほおばりながら言った。

「オレ？　オレはまあ、仕事が終わってうまいもん食って酒が飲めれば、とりあえず、オッケー。なに？　ふたりして、なんの話してたの？　オレの悪口？」

クリさんはニヤニヤ笑って、下を向いた。私が言った。

「アリとキリギリスの話。自分がキリギリスみたいな生き方してるんじゃないかって、暗い気分になることがあるって話してたの」

私が話の流れをかいつまんで説明すると、ヨシオは自転車を飛ばしてきてテンションが上がっているせいか、ゲラゲラ笑いながら言った。

「君たち、それは、アリの視点にとらわれすぎだよ。ちゃんと、キリギリスの視点で考えてみた？　もしかしたら『あーあ、食うもんなくなっちゃっておなかすいたな～、でも、オレ、いままでキリギリスらしく好きなように暮らしてきたもんな。幸せだったなー』って思いながら、寿命をまっとうして死んでいっているかもしんないじゃん」

クリさんはなにか言いたそうだったが、ヨシオの話がおかしいので、とりあえず黙って聞くことにしたようだった。ヨシオが続けた。

「イソップってのは、なんだね、もともとアリが好きだったんじゃないの？　一生懸命みんなで食うために規則正しく働くアリさんたちはエライって、最初っからそういう話が作りたかっただけでさ、アリの方はいいけど、そんな話に勝手に登場させられちゃって、キリギリスにしてみたらいい迷惑だよな。すっかり悪いイメージつけられちゃってさ」

私とクリさんは、もう、笑うしかなかった。ヨシオの話は筋が通っているのか通っていないのか、よくわからなかったけど、それはもう、どうでも良かった。

ビールをぐびぐびと飲んで調子づいてきたヨシオは、さらに言った。

「ねえねえ、君たちは、ねずみのフレデリックのお話は知らないの？」

私もクリさんも、ねずみのフレデリックなんて、聞いたことがなかった。

「じゃ、オレがお話ししてあげよう。さて、あるところに、ねずみたちが暮らしていました……」

ヨシオの語りによると、その話はおよそ、こんな内容だった。

ねずみたちは、やがてくる冬にそなえて、一生懸命みんなで食糧を集めていた。でもそんななか、フレデリックというねずみだけは、いつもぼーっと座って景色なんかを眺めていた。働かないフレデリックに、ほかのねずみたちはちょっと腹を立てていた。

やがて冬がやってきた。貯めてあった食糧が底をつき、ねずみたちが寒さに凍え、元気がなくなってきた頃、フレデリックがみんなにお話を始めた。それは、美しく色とりどりの草花のお話や、明るく温かなお日様の話などなどだった。フレデリックの話を楽しんだねずみたちは、みんなすっかり元気になった……。

「だからね、食糧を集めることだけが、人生にとって必要なことじゃないわけ。もちろん食糧を集めたねずみもえらいけどさ、フレデリックは毎日座ってるだけのように見えて、やがて来る冬にそなえて、花や太陽や、美しい映像や美しい言葉を頭の中に集めていたのね。決して、なにもしてなかったわけじゃないのよ。そんで、集めておいた美しい記憶と言葉で、真冬のねずみたちを幸せにしたの。でさ、この絵本の最後がまた、いいんだ」

「へー、どうなって終わるの?」

「フレデリックのお話が終わって、みんな拍手喝采。すると誰かが、『フレデリック、君って、詩人じゃないか！』って言うんだ。するとフレデリックが照れくさそうに『そういうわけさ』って言うの。オレ、小学生の頃にこの絵本読んで、ぶっ飛んだね」

私は、何年もヨシオとつきあってきたのに、その絵本の話はなぜか聞いたことがなかった。クリさんは、「あいかわらず、この人は……」と、ヨシオの話に呆れていたかもしれない。だけど私は、ひょっとしたらヨシオは、本当にフレデリックだったりして——そんな気持ちになっていた。

「うらやましい」って、言われるようになった

平成23年、私は夏の間に自分の本を書き終えた。これまで何冊も本を書いてきたけれど、書き終えたときの感覚は、いままでのそれとはまるで違っていた。今回ばかりは、書き終わってしまったことがさびしくて仕方がなかったのだ。

やがて編集作業も終わり、あとは印刷に回すのみになった。発行部数は少なく、あまりお金にならない仕事だったけれど、自分の好きなことをやってお金がもらえるという、現

代に生きる人間にとってこの上ない幸せを、私は感じていた。

そんな、私がほっとひと息をついた頃、久しぶりに大学時代の後輩であるミサから連絡があり、私たちは新宿で会うことになった。

ミサは私の友人の中では結婚も出産も早かった。旦那さんとは学生時代に知り合い、その後弁護士になった彼と結婚、本人は後に司法書士の資格をとって、それ以降、自宅を事務所兼用にして、フリーランスで働いている。彼女は、普段、めったに自分から連絡をしてこないので、これはなにか話があるんだろうと、私は感じていた。

久しぶりに会ったミサは、案の定、最初からどことなく元気がなかった。ランチを食べながら、まず私が、近況を報告した。

「地震でも大変だったけど、仕事も大変だったの。リーマンの頃からすっかり儲けが減っちゃってね、このままいったら廃業かもってところまでいったんだけど、10年ぶりに自分の本も出せることになって、いま、ようやくひと息ついたところ。ミサは仕事のほうはどうなの？　相変わらず安定してるんでしょ？」

「うん、仕事はね。面白いかどうかは別にして、一定の収入は確保できてるかな。ただ、実は私……旦那と別居中なんです。子供たちと実家に帰って、もう1年近くなるんですよ。離婚しようと思っているんだけど、なかなかふんぎりがつかなくて」

ミサの旦那さんとは2、3回しか会ったことはなかったけれど、私はとっさに、なにも離婚なんかしなくても……と、思った。そして、聞きづらいことを、とりあえず聞いてみた。

「お互い、別に好きな人がいるとか、そういう話？」

「いや、そういうことじゃないんです。私たち、いまもお互い嫌いじゃないし、別居するようになってからは、一時に比べてずいぶん関係も良くなったんです。要するに、一緒に暮らしていると、うまくいかなくなるというか……」

私は、夫婦によってはそういうこともあるんだろうなあと、納得した。ミサは言った。

「マキさんは、あいかわらず彼と仲良くやってるんですよね？」

「まあねえ。結婚もしてないし、子供もいないから、もめようもないというか……」

「よく会ってる？」

「ほぼ毎日かな。彼が仕事を終えたらうちに飲みに来て、夜遅く、アパートに寝に帰る感じ。もううちの母親とも仲がいいから、休日の前の日は、ときどき泊まったりもする」

「いいなー。それって、理想的じゃないですか」

「うーん、そうなのかなー。まあ、確かにラクだけどね」

私は、こんなことを聞いても仕方ないだろうなあと思いつつも、とにかく、なぜうまくいかなくなったのかミサに聞いてみた。彼女はストローの袋をいじりながらつぶやいた。

「一番大きかったのは、あの人が自分の事務所を作ってバリバリ働き始めたことだと思います。あの頃から、なにかが変わっていった気がしますね」

事務所を構えて人も雇った旦那さんは、事務所を守るために、どんどん上昇志向が強くなっていったのだという。

「もともとはそういう人じゃなかったんです。だけど、稼ぎ始めると、つきあう人種も変わってくるでしょ、それで、金持ちとばっかりつきあっているうちに、どんどん影響されていっちゃったみたいなんです。だけど、それだけ稼ぎ続けるのってやっぱりすっごく忙しくて、だんだんストレスが溜まって、性格もきつくなっていっちゃって」

「じゃあ、そこまで稼がなくてもいいんじゃないの？　そういうわけにはいかないの？」

「そうなんですよ。だから私もそう言ったんだけど、いまさら戻れなくなっちゃったんでしょうかねえ……」

ミサは、さびしそうにうつむいた。彼女は、まだ旦那さんが好きなのかもしれない。

そういえば、年収が300万以下の夫婦の相思相愛率が約5割はあるのに、年収が800万を超えると約3割に減る、という話を聞いたことがある。年収が600万を超えると、個人の幸福度は下がる傾向にあるという話も、いつかテレビでやっていた。普通、年収が高いということは、それだけ仕事に時間やエネルギーを費やしているわけだから、その分、家庭に直接注げるエネルギーが減るのは当たり前だろう。私がそんなことを思い出していたら、ミサが言った。

「私、自分も働いているし、別に旦那には人並みに働いてもらえばいいんだけど、もう私たち、完全にお互いの金銭感覚が変わっちゃったんですよ。そこが違う夫婦って、たぶん一緒には住めないと思う」

「でもさ、別居していればうまくいくなら、それもアリなんじゃないの？　なにも夫婦だからって、必ず一緒に住まなくてもいいじゃない。別居婚とか事実婚とか、最近はいろいろあるでしょ。年寄りになるまで別居しててさ、また一緒に住む気になったら、住むとか」

「それは確かに、考えられなくもないんだけど……。でも、はっきり言って、私、向こうの家の家族とも、うまくいってないんです。それも、こうなった原因のひとつかな」

うーむ、これは世間でよく聞く話だが、私にはよくわからない世界だ。とりあえず、自分とヨシオに重ね合わせて考えてみた。私はヨシオのお母さんと何度か顔を合わせているし、たぶんいままでに2回は一緒に食事もしている。私はヨシオのお母さんのことは好きだけれど、もっと接触回数が多くなったら、絶対に好きかどうかは、わからない。それはなにもお母さんがどうこういう話ではなく、女同士なんて、いつでも、どこでも、誰でも、どの世代でもそんなもんだ。特に、嫁と姑のような関係であれば、なおさらだ。

「マキさんは、そういうわずらわしさ、ほとんど無いんでしょ?」

「まあ、そりゃあ、結婚してないからねえ……」

「いいなあ。私もあの人と結婚しなきゃよかった」

「まあまあ、だって、好きだったんでしょ」

「そこなんです。私、こうなって気づいたの。私も若い頃は、この人が好きって思って、だから結婚したんです。誰だって、好きな人と結婚したいって思うじゃないですか。だけどね、実は結婚するんだったら、相手の金銭感覚とか、相手の家族との相性とかの方がずっと大事で、相手のこと、好きである必要はなかったんです。嫌いでさえなければいい。むしろ好きな人とは、マキさんと彼氏みたいに、お互い自立しながら、ときに支え合いながら生きていくのが、きっと一番いいんですよ」

「はあ……まあ、どうかな……」

私は、ミサに離婚を早まらずにそのまま別居を続けるようにすすめ、その日は別れた。

私はミサと話して、やっぱり結婚って、楽しいことよりも大変なことの方が多いんだろうと改めて思った。一緒に生活することも、一緒に稼ぐことも、子供を育てることも、それまでなんの関係もなかったお互いの家族とうまく折り合いをつけていくことも、どう考えたってかなり大変に決まっている。だけど、それをあえて一緒にやりましょう、というのが、本来の結婚の醍醐味なんだろう。そうした大変さを乗り越えていった先に、きっと深くて強いものが生まれてくるのだ。

だけど、正直なところ、私は、あえてそれに挑もう、という気には、いまさらなれなかった。ヨシオの方にも基本的にその気がないのだから、いずれにせよ私たちは、当面、結婚することはないだろう。いま私は、そんなヨシオとの結婚しない関係に、なんの不満も不安も感じていない。「結婚はしてもしなくてもどっちでもいい」。それが、現時点での私の実感だった。

実は最近、ミサのように、結婚せずにずっと続いている私とヨシオの関係を、「うらやましいなあ」とか「素敵な関係だよねえ」と言う女性が、私のまわりに少しずつ増え始めていた。10年ほど前は、結婚もできない甲斐性ナシの男とずっとつきあっていてもしょうがないじゃない、といった冷たい視線を向ける人も多かったのに、50歳が近づいてきたら、ずいぶんと反応が変わってきたわけだ。

なぜ、反応が変わってきたのだろうか。私たちの方は、ほとんどなにも変わっていない。私はあいかわらず実家暮らしのフリーランサーで、ヨシオは6畳1間に住むフリーターで、年に1、2枚しか絵を描かない。以前の私たちと現在の私たちの間になにか違いがあるとしたら、15年以上別れずに関係を続けてきたという年月だけだ。変わったのは私たちではなく、まわりの人々の感覚なんだろう。

それにしても、ミサのように私をよく知っている友人が、私のことを「うらやましい」と言ってくれるということは、おそらく、私はそれなりに幸せそうに見えているはずだ。ということは、やっぱりヨシオはちゃんと、いつかみんなの前で豪語していた通り、「ちゃんと自分の愛と正義のもとに、西園寺を幸せにして」くれていたのだ。

平成23年の晩秋、ついに私の著書が発行された。「このままいったら食っていけなくなる」と痛感し、腹をくくって営業活動を開始してから約1年。私はようやくフリーライターとしてほんの少しだけ階段を上がった。46歳。なんとも遅い歩みではあった。

ありがたいことに、著書を出したことがきっかけで、新しい仕事が少し増えた。だけど、はっきり言って本の売れ行きはたいしたことなく、仕事として考えれば、あまりいい稼ぎとはいえなかった。自分が書きたいものを書いて稼いでいく道は、当たり前のことながら、決してラクではない。収入のことだけ考えたら、これまで通り、人に頼まれた原稿を書くことに専念し、そちらのルート開拓に力を入れた方が、〝正解〟なんだろう。

それでも私は、次も自分が書きたい本を書こうと思っていた。たとえ収入が不安定のままでも、ビンボーのままでも、生活さえ続けていけるなら、そちらの方向に歩き続けてみるのも悪くない。世間から負け犬と言われようとも、バカと言われようとも、そんなことはどうでもいいのだから。

生活が不安定でも、不幸とは限らない

私が本を出してから、あっという間に1年が過ぎた平成24年（２０１２）の秋。フリーライターとしての私の仕事は、その後、少し盛り返してきた。この年齢のサラリーマンに比べたら、収入はお話にならないぐらい少ないままだったが、生活としては、それほどカツカツな状態ではなくなってきた。

一方、ヨシオは運動場の仕事を週に5日こなし、以前よりも働いている時間が長くなっていた。収入はあいかわらずぎりぎりだったが、社会保険完備になり、その上で1年に1、2枚、好きなときに絵を描くという、ある意味安定した暮らしになっていた。

ヨシオは今年度から監視員の統括役をやるようになっていたが、前より仕事が増えたに

もかかわらず、予想に反して時給はまったく上がらなかった。これに反発したヨシオは、職場の労働組合の人に相談し、賃上げ闘争のようなことをやっていたが、本部の人がみんなで統括役を手分けするということになって、結局、時給は上げてもらえずに終わった。

その年の年末に行われた衆議院選挙で、今度は民主党が歴史的大敗を喫し、再び政権は自民党に戻った。そして、安倍総理が再登板すると、なぜか突然、世の中の雰囲気がいっせいに変わり始めた。

年が明けて平成25年（２０１３）。アベノミクスで株価が上がり始め、円高に歯止めがかかり、日本経済は急に好転し始めた。それが本当の経済回復なのか、いつぞやのようなバブルなのかはまだわからないけれど、世の中はなんとなく明るい感じがしてきてはいた。みんな、ほとほと不景気にうんざりしていたのだろう。

そして日本経済が上向くと、不思議なことに、私の仕事もほんの少し上向き始めていた。ヨシオの時給もわずか20円だけれど上がった。やっぱり私たちは、経済という大きなうねりの影響を受けながらしか、生きていけないのだ。

そんな頃、本当に久しぶりに、マルちゃんが私の家へ遊びに来ることになった。なんでも、小学生のお子さんがスキー教室かなにかで丸3日いないということで、我が家に泊まっていくことになったのだ。

その夜、私たちは缶ビールを片手にポテトチップをつまみながら、働くとはなにか、仕事とはなにか、ということをけっこう真剣に語り合った。

マルちゃんも私も、一度は普通に就職しながらも会社を辞めて、30歳前後で、当時憧れだったフリーランサーの道へと進んだふたりだった。もう、15年も前の話になる。その間、マルちゃんは結婚、出産し、いまは翻訳者としてあちこちの会社から頼まれる書類の翻訳の仕事をしつつ、子育ての真っ最中だ。

マルちゃんと私の大きな違いのひとつは、彼女はもともと働くのが好きだ、ということだった。マルちゃんは言った。

「最近は年のせいか、仕事も疲れるよね。でも、仕事してるときは、あー、面倒だなーとか、やりたくないなーとか思うことはあるけど、実際にお金が入ってくると、ああ、自分はちゃんと働いて社会に認めてもらえたんだって、満足するというか……」

「そうかあ……。確かにお金がもらえるのはうれしいんだけど、私は昔からお金もらっても、社会に認められているって思えないタイプだったなー。だからかな、昔はライターやっていくら稼いだって、ほとんど達成感なかったもの。お金もらっても社会から認められているって思えなかったら、働く気もなくなるわけで」

たぶん、いや、絶対、ヨシオもお金をもらって自分が社会に認められていることを実感できるタイプではないだろう。私は話を続けた。

「でもきっと、普通、働くのって、本来自分のためじゃないんだよね。人のため、社会のために働く。だからこそお金がもらえる。自分の好きなように働いてお金もらおうっていうのは、かなりずうずうしい発想なんだよな……」

「そうねえ、公務員なんて、基本的には、完全に人のために一生を捧げるわけだからね」

「公務員って、一部の人をのぞいて、大した仕事してないくせにすごく生涯賃金が高くて、ごく普通の人だって退職金2000万とか出るし、年金だってたくさんもらえて、すんごいずるいって思っていたけど、一生、人のために働くんだもんね。そうやって報われて当然かもしれないね……」

マルちゃんは缶ビールを一気に飲み干して、冗談めかして私に言った。

「じゃあ、どう？　これから公務員になってみるっていうのは？」

「あはは。まず100パーセントなれないし……」

私は、自分が公務員になるところを、できる限り本気で想像してみた。

「やっぱり、私には無理だろうな。公務員に限らず、いわゆる正規雇用で働くことになったら確かに収入は安定するけど、なんか、自分の人生の先々がすべて決まってしまうというか……最初は良くても、途中で我慢できなくなる気がする」

「あー、わからんでもないな……」

「なんていうか、どこか不安定な人生の方が、〝生きてる〟って感じがするんだよ。なんか、負け惜しみみたいだし、そんなこと言ってても仕事がなくてツライときは本当にツライんだけど……でも、私はそういう人間なんだろうな。じゃなきゃ、ヨシオみたいな男とつきあおうなんて、そもそも思うはずがない」

「あはは、そりゃ、そうだ」

「そういえば、釣った魚をタンクかなんかで東京まで運ぶとき、そのタンクの中に魚の天敵を1匹入れておいた方が、東京に到着したときの魚の生存率が上がるんだって。要するに、少し、刺激とかストレスがあった方が、生き物は活力が湧くんだよ」

「なるほどねー。まあ、人間も動物だから、そんなもんかもしれないねえ」

　しばらくして、マルちゃんがトイレに行っている間、私はたまたまそこに置いてあった新聞を手に取り、何気なく中を眺めていた。すると、こんな見出しを発見した。

「憧れは『非正規』」

どういうことだろう？　そんな話、いままで聞いたことがないと思って、私は興味津々で、記事を読み始めた。それは、25年後の日本の未来を予測する、というものだった。なんだか難しい言葉でしのごのと書いてあったけれど、要するに、将来的には、日本人の働き方は、いまのような「正規雇用」ばかりではなくなるだろう、という内容だった。しかも、マイナスの意味ではなく、だ。

たとえ正社員より収入が少ない非正規雇用でも、自分がやりたい仕事を自分のライフスタイルに合わせてやれるようになるなら、「『非正規』は憧れの働き方になり得る」というような話で結ばれていた。

「やっぱりそうだよなー。私たち、けっこう、時代の最先端をいってたりして。あはは」

私は、ひとりごとを言っていた。こうした意見が出てくるのも、景気が回復してきた影響なんだろうか。いずれにせよ、「正規雇用」「正社員」ばかり追い求める人であふれているいまの流れがもうすぐ変わるかもしれないと思ったら、私はちょっとうれしくなった。

マルちゃんに子供ができてから、彼女とこんなにゆっくり話ができたのは、本当に久しぶりだった。私はほろ酔いになりながら、彼女との会話を楽しんでいた。彼女をはじめ、仲の良い高校の同級生との会話は、いつも本当に楽しい。たとえどんなに儲かっていても、生活が安定していても、こんな風に腹を割って話せる仲間がいなかったら、私は決して〝幸せ〟を感じることはできないだろう。

戻ってきたマルちゃんに、私はさらに続けて聞いてみた。

「さっきの話だけどさ、ひとりの母親としては、わが子にフリーランサーと公務員のどっちかになろうと考えてるって相談されたら、公務員にしなさいって言いたくならない？」

「そうだねえ、公務員とは言わないまでも、確かに、やっぱり一生食いっぱぐれない子になってほしいという気持ちはあるよね」

そこには、人の親としてしっかり生きているマルちゃんがいた。彼女は続けた。

「でもね、テストで100点とるより、友達とちゃんと会話ができて、仲良くなれて、ちゃんとけんかができて、ちゃんと仲直りできる、そっちの方がずっと大事だって思うのね。だけど、やっぱりちゃんと稼げるように育てなくちゃっていう気持ちも強くて、そうすると、つい、勉強のことばっかり言いたくなっちゃうんだよね。でも、そうじゃない、本当に大事なことはそこじゃないって……日々、そうしたせめぎ合いなんだよ」

マルちゃんの、本当の愛情に満ちた子育てに感動しつつ、私は言った。

「友達とちゃんと会話ができて、けんかもできて、仲直りできる人に育ったら、食いっぱぐれることもないと思うんだけどな、甘いかなあ……」

「いや、多分そうなんだと思うよ。だけど、親としてはやっぱり、つい不安になるんだな」

「自分の子をいかにして稼げる子に育てるかっていうのが、最近の親たちの最大の目標らしいしねえ」

その瞬間、頭にヨシオの顔が浮かんできた私は、言葉を続けた。

「でもさ、それで言ったら、ヨシオは立派に〝稼がない男〟に育ったよね。だけど、ヨシオのお母さんってさ、そんなヨシオを見ていても、昔からぜんぜんなんとも思っていないようだし、彼の先々の心配もしてないみたいなんだよ。ある意味凄いよね」

「それはきっと、ヨシオちゃんが幸せそうに見えるからだよ。そしてヨシオのお母さんは、なにが本当の幸せなのかってことを、ちゃんとわかっている人なんじゃないかな」

何時間も話し込んだ私たちは、そろそろヨシオでも呼ぼうか、という話になった。

その後、ヨシオが到着してからは、私たち3人は酒をしこたま飲み、テレビのバラエティ番組を見ながら、あのタレントは好みだとか、あのタレントは気にくわないとか、相当にくだらない話をして過ごした。やがて酔っぱらったマルちゃんが寝てしまうと、ヨシオも「じゃ、オレも明日仕事だから」と言って、1時過ぎにアパートへ帰って行った。

フリーターと幸せに生きていく

翌朝、マルちゃんは7時頃起きると、実に手早く身支度をして、さっそうと帰宅していった。さすがは主婦であり、母である。朝が弱くて、いつも9時過ぎに起きている私とは、エライ違いだった。

その数日後のことだった。マルちゃんが1通のメールをくれた。

「先日はどうもありがとう。久しぶりにじっくりお話ができて、本当に楽しかったです。今日は、先日感じたことで、どうしてもお伝えしておきたいことがあったので、とり急ぎ、メールを書くことにしました。それは、あなたとヨシオちゃんのことです。ヨシオちゃんが来たとき、すでに私はほろ酔いで、かつ3人になってからは超くだらない話しかしなかったけれど、私はあなたがたを見ていて『このふたりは、このふたりならではの確固たる関係性を確立している』と、強く感じました。いままで私は、なんだかんだ言って、やっぱり結婚しないのは良くないとか、ヨシオもっとちゃんと働けよとか、どこかで思っていた気がするんです。でも、先日、あなたたちと一緒に過ごして、もはやそういう思いがすっかり消えました。なぜ、自分の意見が変わったのか、理由ははっきりとはわかりません。ただ、あなたたちを見ていて、強くそう思った。そうとしか言えません。そのことをぜひ、お伝えしておきたいと思った次第です。またぜひ、ゆっくりお話しましょう」

私は、自分はなんて幸せ者なんだろうと、思った。ヨシオとの確固たる関係を確立していることではない。自分の友人が、こんな普通じゃない私たちの関係を認めてくれたということでもない。いや、そのことは確かに、そうとうにうれしい。でも、それよりなにより、そう感じたことを、わざわざメールにして伝えたいと思ってくれた人が、自分のもっとも親しい友人であるという事実に、最高に幸せを感じたのだ。

この人がこう言ってくれるなら、ほかの誰にどう思われようが、どうでもいいや――。

私は、マルちゃんが私とヨシオの関係を認めてくれたことで、千人の味方を得たような、そんな気分になっていた。――ありがとう、マルちゃん。

その晩、私はさっそくヨシオに、マルちゃんがこんなメールをくれたんだ、という話をした。するとヨシオは、「ははは」と笑い、「マルのやつ、なーにを、いまさら」と言った程度で、たいした反応はなかった。結婚していないことについて、心のどこかではずっとまわりの人の目を気にしていた私と違って、はなからヨシオは、まわりにどう思われようが、たいして気にしていなかったのだから当たり前かもしれない。とはいえ、マルちゃんが改めて「確固たる関係」と言ってくれたことは、彼もやっぱり、まんざらでもないようだった。私は、話題を変えた。

「私、そろそろ次の本の企画を出そうと思って。ダメもとで、やっぱり自分の書きたい企画を出してみようと思ってるんだ」

「どんなこと?」

「たとえば、酔っぱらいたちの生態。というか、酔っぱらいとのつきあい方。ほら、私のまわり、酒飲みばっかりだから。いつも観察してるでしょ」

「ああ、前から言ってる、その話題ね。それは確かに、面白そうだ」

「あとは、ソーシャル・ネットワーク批判とか、ローン地獄でうつ病になった母親との闘いの日々とか、女の意地悪さとか嘘くささとか、いろいろ」

「あはは。どれかひとつでも、企画が通るといいねえ」

「うん、でも、まず、最初にチャレンジしようと思ってるのはね、この企画なんだ」

私は、ざっとまとめた企画書の打ち出しを、ヨシオに見せた。

「うん？『稼がない男』？ なに、これ、ひょっとして、オレのこと？」

「そう！ ヨシオと私の話。面白そうだと思わない？」

「どうだろうねー、普通の人が読んで、ほんとに面白いのかねえ」

「そこを面白く書くのが、プロなんじゃない」

「ははは。ま、がんばってねー」

「もしかしたら、この本すごく話題になって、映画とかになっちゃったりして。そうしたら、ヨシオちゃんも有名人だね」

「ははは。そんなに本が売れたら、オレ、マキちゃんに捨てられちゃうんじゃないの？

『ヨシオちゃん、いままでありがとう。ここまでこられたのは、あなたのおかげです』なんつってさ。あははは」

『稼がない男』そんな企画に興味を示してくれる出版社が本当にあるのかどうか、私にはまだわからない。だけど、いま、私が一番書いてみたいのは、稼がない男＝ヨシオについてと、ヨシオと私の15年以上にわたって続いている、この関係だった。

そんなことを考えていたら、ヨシオがちょっと真面目な顔になって言った。

「マキもがんばってるからな、オレも、もうちょっと、絵でがんばらなくちゃなぁ」

私はヨシオの腕にしがみついて言った。

「うん、私も、もっとヨシオの絵が見たい」

「人を幸せにできるいい絵を描くためには、やっぱりもっとたくさん描いた方がいいかなとも思うしね」

いま、私は、ヨシオにどんなことでも遠慮なく聞けそうな気がした。

「ねえ、ヨシオはいま、自分をまっとうしてるの?」

「自分としてはそのつもりで生きているけれど、まだまだ足りないだろうさ。だからやっぱり、まずはもっと絵を描いてみようと思ってる」

15年以上つきあっても、私はヨシオの言っていることを全部理解できるわけでも、納得できるわけでもなかった。価値観も違えば、考え方も、時間や金銭感覚も違う。だけど、私はヨシオと一緒にいると楽しい。この先も一緒にいたいと思う。その気持ちだけは、この15年の間に、確実に深まっていた。


次の自分の本の企画のことで興奮し、ヨシオの前向きな発言を聞いてご機嫌になった私は、久しぶりにワインを何杯か飲んで、すっかり眠くなってしまった。すると、テレビで映画を見ながら、うつらうつらしている私に気づいたヨシオが言った。

「マキちゃん、無理してないで、少しベッドで寝たら？　あとで起こしてあげるよ」

「うー、ごめーん。そうさせてもらうー」

私は洋服を着たままもぞもぞとベッドに入り、そのまま寝てしまった。私は熟睡するわけでもなく、寝たり起きたりを繰り返す浅い眠りの中で、やがて映画が終わって、ヨシオがグラスや皿の片づけを始めている気配に気づいていた。ヨシオは、母が寝ている和室の隣りにあるキッチンへ行って、食器を全部洗ってくれている。

それでも私が酒に酔ったあと特有のたまらないまどろみに負けて、夢うつつなまま、そのままベッドの中にいると、やがて洗い物を終えたヨシオがやって来て、私のおでこに手をあてて言った。

「マキちゃん、そろそろ帰るねー。鍵、どうするー？」

「うー、ありがとー、歯、磨かなきゃなんないから、いま、起きる、起きる……」

私はなんとか身体を動かし、ヨシオを見送りに玄関まで出て行った。そして、いつものようにぎゅうっと抱き合ったあと、階段を下りていくヨシオに手を振った。

その後、私が顔を洗って歯を磨き、改めてベッドに入った頃、ヨシオが家に着いたことを知らせる電話がかかってきた。私たちは、もうずっと前から、その日最後にお互いの声を電話で聞いてから、眠りにつくことになっているのだ。私は言った。

「さっき寝ちゃったから、なんか、眠いのに眠れない感じだよー」

「大丈夫、大丈夫。ぼーっとしてたら、そのうち眠れるからね。もし眠れなかったり、途中で目が覚めて怖くなったら、いつでも電話で起こしていいからね」

「うん。ありがとー」

私はそんなヨシオの、いつものセリフを聞いて、その日も安心して眠りについた。


世の中は最近、株価が上がった、円高が収まったと騒いでいるけれど、実際に給料が上がった人なんてごく一部だ。これから大増税時代がやってくるらしいし、アベノミクスでインフレになったらなったで、それで人々の生活が本当に良くなるかどうかなんて、実はわからない。金利が上昇して、住宅ローンが払えなくなる人が続出するかもしれない。しかも、この先の日本は、超高齢化、人口減少と、世界でも類を見ない経験が待ち受けている。ひょっとしたら大地震だって来るかもしれない。

だからといって、心配ばかりしたって仕方がない。先のことなんて、なにも決まっていないのだ。

私も50歳が近づいてきて、体力も衰え、見かけも老けてしまった。この先、ちゃんと自分で稼いで人生をまっとうできるかどうか、本当のことをいえば自信はない。実家のビルだって、借金がずいぶん減ったとはいえ、まだ15年近くのローンが残っている。

だけど、いまの私には、書きたいことがある。たとえそれが稼げない選択であったとしても、いい年をして無謀な選択であったとしても、やっぱり私は、そういう風にしか生きていけないのだ。

ヨシオだって同じだ。もしかしたら、ずっと絵をたいして描かないまま老人になって、いずれアルバイトの口もなくなって、仕事も金も家もなくなっているかもしれない。だけど、ヨシオにはヨシオの愛と正義があり、迷いながらもその道を歩き続けている。たとえそれが稼げない選択であったとしても、いい年をして無謀な選択であったとしても、やっぱりヨシオだって、そういう風にしか生きていけないのだ。

そんな男女が、互いに認め合い、思い合って生きていく。それはたぶん、とても幸せなことなのだと、私は感じていた。

平成25年(2013)の春。私は48歳になった。

ヨシオはいつからか、ブログを始めていた。といっても、実名を出しているわけではない。当然、文章を書いているわけでもない。それは、自分が描いた絵を、アップしているだけだ。そのブログのトップには、こんな風に書いてある「絵をしばらく描き続けるための個人的な計画」。人に見せるというより、あくまでも、とりあえずは、自分が描き続けるための場、なのだ。

数週間後、朝、私がパソコンを立ち上げてみると、数年前から仕事でアメリカへ渡った竜太郎君から、私とヨシオあてに1通のメールが届いていた。

「ヨシオさんのブログ、見ましたよ。もうずいぶん続いているんですね。僕は、『男と女』が特に好きです。この先も楽しみにしているので、必ず更新してください。近々日本に出張の予定があります。時間があったら、また一緒に飲みましょう」

今夜もヨシオが我が家にやって来るのが、いまから楽しみだ。

参考『フレデリック　ちょっとかわったのねずみの話』

ヨシオの
ひとこと

愛と正義って、当たり前だけど、
そんなに簡単な話じゃないんだよな。
どの方向からどう見えるかで変わってくる。
だからいつも、自分は絶対正しいなんて、
思っちゃダメなんだよな。
（p.218）

人生って……

クリさんの
ひとこと

最後には、
キリギリスみたいにのたれ死ぬか、
アリにお情けで助けてもらう
人生なんじゃないかって……
（p.227）

マキエの
ひとこと

どこか不安定な人生の方が、
“ 生きてる ” って感じがするんだよ。
（p.242）

マルちゃんの
ひとこと

テストで 100 点とるより、
友達とちゃんと会話ができて、仲良くなれて、
ちゃんとけんかができて、ちゃんと仲直りできる、
そっちの方がずっと大事だって思うのね。
（p.244）

一度きりの人生を、どう生きるのか。
お金を稼ぐのか？　仕事で大成するのか？
趣味や夢に生きるのか？　愛と正義をつらぬくのか？
幸せな人生を送るために、自分にとって
一番大切なものがなにか、考えていくしかない。

【著者略歴】

西園寺マキエ（さいおんじ　まきえ）
フリーライター。1965年生まれ、東京都出身。大学卒業後、一般企業OL、派遣社員、編集プロダクションや広告制作会社勤務などを経て、1995年よりフリーランスライター。高校の同級生であるフリーターの彼と、同棲も結婚もすることなく、17年以上交際を続けている。趣味は音楽全般。

稼《かせ》がない男。

平成25年10月16日　初版発行

著　者――西園寺マキエ

発行者――中島治久

発行所――同文館出版株式会社
東京都千代田区神田神保町1-41　〒101-0051
電話　営業03(3294)1801　編集03(3294)1802
振替　00100-8-42935　http://www.dobunkan.co.jp

ISBN978-4-495-52531-6
印刷／製本：萩原印刷　Printed in Japan 2013